# さらさら鰹茶漬け

居酒屋ぜんや

坂井希久子

時代小説文庫



角川春樹事務所

# 目次

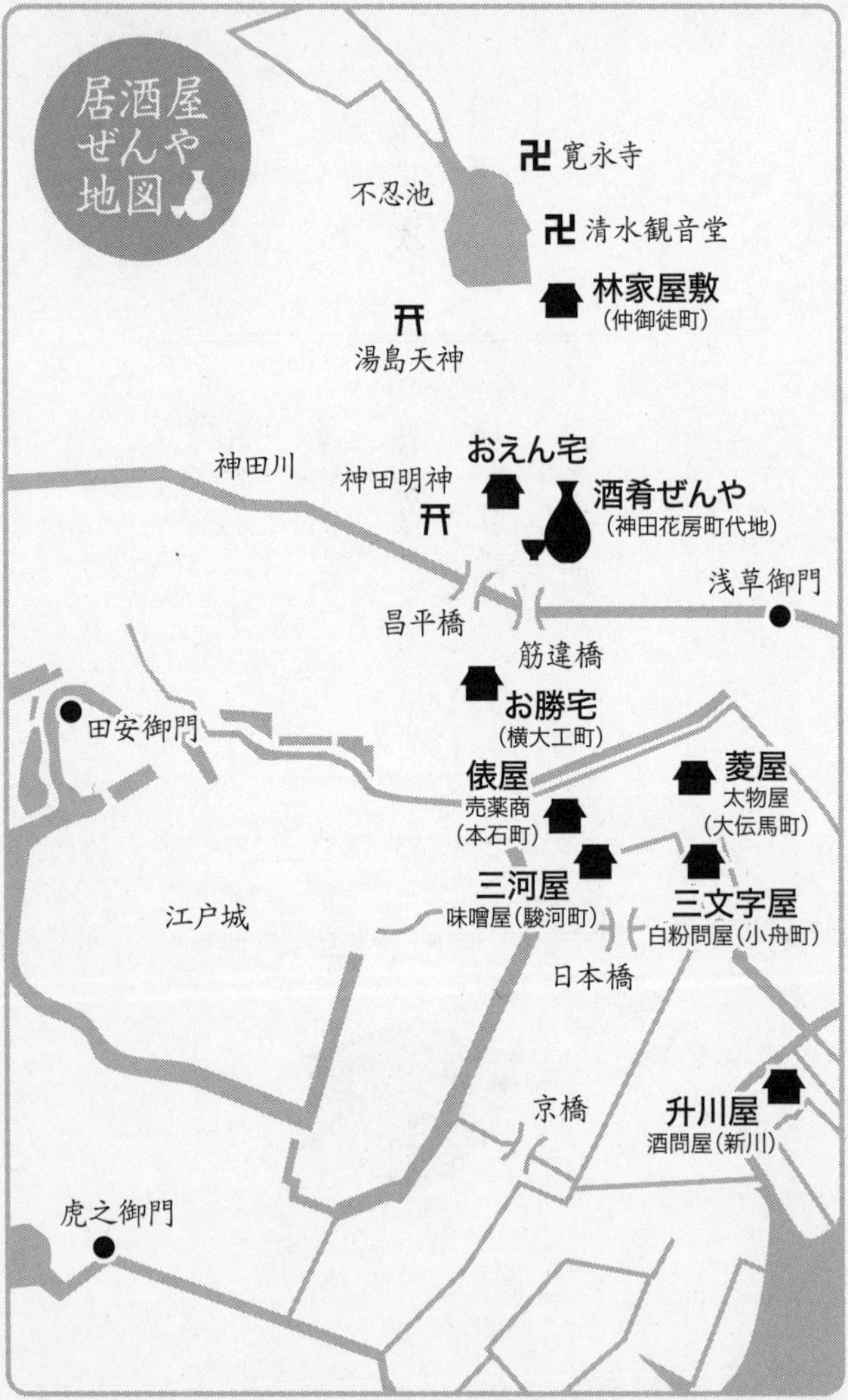
居酒屋ぜんや地図
寛永寺
不忍池
清水観音堂
林家屋敷
(仲御徒町)
湯島天神
おえん宅
神田川
神田明神
酒肴ぜんや
(神田花房町代地)
浅草御門
昌平橋
筋違橋
お勝宅
(横大工町)
田安御門
俵屋
売薬商
(本石町)
菱屋
太物屋
(大伝馬町)
三河屋
味噌屋(駿河町)
三文字屋
白粉問屋(小舟町)
江戸城
日本橋
京橋
升川屋
酒問屋(新川)
虎之御門

# さらさら鰹茶漬け

居酒屋ぜんや

## 〈主な登場人物紹介〉

**林只次郎《はやしただじろう》**……小十人番士の旗本の次男坊。鶯が美声を放つよう飼育するのが得意で、その謝礼で一家を養っている。

**お妙《たえ》**……亡き良人《おっと》・善助が残した居酒屋「ぜんや」を切り盛りする別嬪女将。火事で失った店を神田花房町代地に再建した。

**お勝《かつ》**……お妙の義姉。「ぜんや」を手伝う。十歳で両親を亡くしたお妙を預かった。

**おえん**……「ぜんや」の裏長屋に住むおかみ連中の一人。左官の女房。

**熊吉《くまきち》**……本石町にある薬種問屋・俵屋に奉公している。ルリオの子・ヒビキを飼っている。

**柳井《やない》**……只次郎の義姉の父。孫はお栄と乙松。北町奉行所の吟味方与力。

**お花《はな》**……母・お槇と共に下谷山崎町に住む貧しい娘。鼻が利く。

「ぜんや」の馴染み客

**菱屋《ひしや》のご隠居**……大伝馬町にある太物屋の隠居。只次郎の一番のお得意様で良き話し相手。

**升川屋喜兵衛《ますかわやきへえ》**……新川沿いに蔵を構える酒問屋の主人。妻・お志乃は灘の造り酒屋の娘。

**三河屋《みかわや》の主人**……駿河町にある味噌問屋の主人。商売について只次郎から案を授かる。

**三文字屋《みもじや》の主人**……小舟町にある白粉問屋の主人。商売柄、美しいもの・甘いものに聡い。

# 暑気あたり

# 一

「ひゃっこい、ひゃっこい」と、往来《おうらい》から冷水《ひやみず》売りの声がする。

今日は二十四節季のうちの、大暑《たいしょ》。一年で最も暑気の激しい頃《ころ》おいとて、日蔭《ひかげ》を覗《のぞ》けば大工や左官が横になり、午睡《ごすい》を貪《むさぼ》っている。「ひゃっこい」という売り文句とは裏腹に、冷水売りの桶《おけ》の中の水はぬるま湯と化していることであろう。

いつもは繁華な下谷《したや》広小路《ひろこうじ》も人はまばら。大店《おおだな》の女中まで人目を忍んで居眠りをしているのか、妙にしんとして、蟬《せみ》の鳴き声ばかりが耳につく。

寛政《かんせい》六年（一七九四）、水無月《みなづき》二十七日。江戸っ子の楽しみの山王祭《さんのうまつり》もとうに終わり、あとは涼しい秋を心待ちにするばかり。次から次へと湧《わ》く汗を拭《ぬぐ》いつつ、林只次郎《はやしただじろう》は小間物屋の店先に立っていた。

「ようこそいらっしゃいまし、お武家様。なにをお探しで？」

揉《も》み手《で》で近づいてきた手代の額《ひたい》にも、汗が光る。風はそよとも吹かず、店の中はまるで蒸し風呂《ぶろ》だ。それでも照りつける日差しから逃れられるだけ、幾分ましである。

ここまでの道中真上からしきりに炙《あぶ》られ続け、月代《さかやき》がひりひりと痛かった。

「まぁお座りになって」と勧められ、只次郎は上がり口に腰掛ける。こんな暑い日は井戸から汲《く》んだばかりの水を一杯振る舞ってくれるだけで極楽気分が味わえるだろうに、この店は得意客でもない者にそういった気遣いはしないらしい。

水一杯で客の気を引けるならしめたもの。心がけしだいで、今すぐにでもできることである。

「簪《かんざし》を、探しているのですが」

店の中を見回してから、只次郎はそう切りだした。平静を保とうとしても、ついはにかんでしまう。簪とはいかにも、意中の女への贈り物だ。あらためて買うとなると、気恥ずかしい。

「そうですか。武家の奥方様でしたら、平打ち簪に家紋をあしらったものが人気ですが」

「いや、町方の女性です」

「おやまぁ。お若いのに、隅《すみ》に置けませんなぁ」

見たところさほど歳《とし》が変わらないようなのに、手代が冷やかしを入れてくる。只次郎は「ははは」と乾いた笑い声を上げ、客あしらいも覚えさせねばと心の中の帳面に書きつける。遊びで町方の女に手を出したかのように言われるのは、不快だった。

この小間物屋からは、商《あきな》い指南の依頼が来ている。主人は跡を継いだばかりでまだ若く、奉公人を掌握《しょうあく》しきれていないと見える。昼餉《ひるげ》の後で眠いのは分かるが、他《ほか》の手代もあからさまに欠伸《あくび》をしており、小僧に至っては箒《ほうき》を支えにして立ったまま船を漕《こ》いでいる。帳場机《ちょうばづくえ》に座る老番頭はそれを注意するでもなく、眠そうな目を擦《こす》っていた。

主人と面会する前に店の様子を見ておこうと思ったが、これはなかなか、注意のし甲斐《がい》がありそうだ。手代が小間物簞笥《こまものだんす》から抽斗《ひきだし》を抜いて目の前に並べてゆくのを眺めながら、只次郎は指南の算段をつけてゆく。

「いかがでしょう。金、銀、珊瑚《さんご》、仕掛け簪、いろいろ取り揃《そろ》えております」

下谷広小路に店を構える大店だけあって、品物自体は悪くない。物がよくなければなにも買わずに帰ろうかと思っていたが、只次郎は「ふむ」と頷《うなず》き、身を乗り出す。

贈る相手はもちろん、お妙《たえ》である。

火事で身に着けるものがほとんど焼けてしまったお妙に、いつか簪を買ってやりたいとは思っていた。だが酉《とり》のまちの熊手《くまで》の簪のような縁起物でないかぎり、女の命の髪に挿すものを軽々しくは贈れない。

やっと、やっとだ。ここに来るまで長かった。茶飲み友達のようなものと言われたり、弟扱いをされたり、余所《よそ》の女との縁談を喜ばれたり、思い返してみれば散々な恋路であった。それでもついに只次郎は、本懐を遂《と》げたのだ。

お妙の柔肌《やわはだ》の温《ぬく》もりがふいに蘇《よみがえ》り、昼の日中からなにを考えているのかと首を振る。褥《しとね》を共にしてからも恋しさは、日増しに降り積もるばかりである。

「若い娘なら、このびらびら簪なんていかがです？　たっぷりとした花飾《はなかざ》りが華やかですよ」

手代の売り文句のお蔭《かげ》で、只次郎は己のなすべきことを思い出した。品物を勧めるときは、贈る相手の年ごろを聞いてから。これもまた、心の中の指南帳に書き留めておこう。

勧められたびらびら簪は、花型に抜いた金と銀、それから小粒の珊瑚がぶら下がり、簾《すだれ》のように揺れている。たしかに愛らしいが、嫁入り前の若い娘が身に着けるものだった。

「いいえ、もっと、落ちついたものを。毎日使える、玉簪《たまかんざし》がいいですね」

「それでしたら、このあたりでしょうか。夏は特に硝子《ビードロ》が人気ですよ」

並べた抽斗を入れ替えて、手代が硝子細工の簪を指し示す。それには生返事を返し、只次郎はその隣の血赤《ちあか》珊瑚に見入った。これだけ赤の色が濃ければ、さぞかし値も張ることだろう。

火事で焼け出される前は、お妙も珊瑚の玉簪を挿していた。これよりもずっと色の淡い、薄桃色の珊瑚だ。本人に聞いてみたことはないが、おそらく前の良人《おっと》、善助《ぜんすけ》から贈られたものであろう。珊瑚を選ぶならばあれより少しでも色の濃いものをと、張り合ってしまう己が浅ましい。

やめよう、珊瑚は。毎日使えるものがいいと言っているのに、手代は相変わらず夏向きの硝子を勧めてくる。そちらには目も向けず、只次郎は碧玉《へきぎょく》の簪を手に取った。

「これは？」

「そちらは、緑瑪瑙《みどりめのう》です」

「へぇ」

色が緑だから、翡翠《ひすい》かと思った。だが見比べてみれば硝子のように光る翡翠より、しっとりと濡《ぬ》れたような光を宿している。指の腹で撫《な》でてみると、滑《なめ》らかでありながら、皮膚《ひふ》に吸いつくような感じがあった。

足は銀製の二本足。その落ちついた趣《おもむき》が、お妙によく似合いそうだった。

懐《ふところ》に簪の入った木箱を忍ばせ、小間物屋を後にする。外に出たとたん、只次郎は焼けるような日差しに目を眇《すが》めた。

この炎暑には、体がまいる。今日は朝から鶯《うぐいす》指南を一件済ませており、小間物屋の下見も終えた。ここしばらくは夕刻まで動き回っていたから、久し振りに『ぜんや』でのんびりと、滋養のあるものでも食べさせてもらうとしよう。

だが、その前に。只次郎は「ひゃっこい、ひゃっこい」と呼ばわる冷水売りに近づいてゆく。冷たくはないと分かっていても、水を飲まねば干《ひ》からびてしまいそうだ。

ひと碗《わん》四文の、命の水。少しでも口当たりを涼しくするため、水呑碗《みずのみわん》は真鍮《しんちゅう》製だ。それでいくぶん、涼が取れた。

腹の底から息を吐き、冷水売りに碗を返す。正面から痩《や》せた野良犬が、おぼつかない足取りで歩いてきた。犬もそうとうまいっているようだ。長い舌がだらりと垂れ下がっている。

そんな犬のありさまに気を取られていたものだから、只次郎は後ろから近づく気配に気づかなかった。左の腰に下げた長刀がなにかにぶつかってはじめて、ハッと飛びすさり、振り返る。暑さのあまり、警戒が弛《ゆる》んでいた。

ぶつかってきたのは、幼い女の子だった。それもどうやら、貧しそうな。艶《つや》の襤褸《ぼろ》と呼んだほうが早い鉤裂《かぎざ》きだらけの着物から、いたいけな膝小僧《ひざこぞう》が覗《のぞ》き、ない髪は結《ゆ》わずに肩に垂らしている。あまりにも痩せているが、姪《めい》のお栄《えい》と歳はあまり変わらないだろう。

とっさに刀の柄《つか》を握っていたが、害はなさそうだと悟《さと》って腕を下ろす。武士らしい威厳を意識しつつ、只次郎は子供に注意を促した。

「気をつけろ。危ないではないか」

只次郎は気にも留めないが、刀を武士の魂と見る兄の重正《しげまさ》のような男にぶつかると大騒ぎになる。年端のいかぬ子供にも、手をついて謝れと迫るであろう。もう二度とこんなことがないように、少し怖がらせておこうと考えた。

だが子供は只次郎の居丈高《いたけだか》な声に肩もすくめず、ぼんやりとした目でこちらを見上げている。どうも、焦点が合っていない。顔もやけに赤い気がした。

「おい、どうした」

尋ねても、返事がない。子供の体がゆっくりと、こちらに向かって傾《かし》いでくる。只次郎は、とっさにその子を抱き留めた。

痩せこけた体が、行火《あんか》のように熱を発している。仰向《あおむ》きに抱き直すと、薄く目を開けてはいるが、意識は朦朧《もうろう》としているようだ。

暑気にあたったか。

顔を上げて周りを見回してみるが、親らしき者の姿はない。この炎天下を、一人さまよい歩いていたのだろうか。

「おや、こりゃあ大変だ」

冷水売りがおろおろと狼狽《うろた》えている。只次郎は懐をまさぐり、四文銭を取り出した。

「親爺《おやじ》、水をもう一杯！」

二

子供とはいえ、抱えて走るのは骨が折れる。ただでさえ、腰に大小の二本を下げているのだ。御成《おなり》街道を南に真《ま》っ直《す》ぐ下りて、神田《かんだ》花房町代地《はなぶさちょうだいち》に着くころには頭から水を被《かぶ》ったように、汗みずくになっていた。

「おいでなさいま――あら、林様」

開け放したままの『ぜんや』の戸口に駆け込むと、客と話をしていたお妙が振り返り、すぐに目を見開いた。只次郎は息を整える暇もなく、「すみません。この子が、急に倒れて！」と、ぐったりした子供を示して見せた。

お妙は下駄《げた》の音を立てて近づいて、子供の首元に手を当てる。脈を診て「中暑《ちゅうしょ》（熱中症）でしょうか」と呟《つぶや》くと、さっと身を翻《ひるがえ》した。

「どうぞ、二階へ。皆さんすみません、ゆるりとお過ごしください」

床几《しょうぎ》も小上がりも埋まっているが、すべて馴染《なじ》みの客ばかり。昼餉《ひるげ》は終えたものの、日が陰るまではだらだらと飲んでいたいようで、「おう、こっちに遠慮はいらねぇよ」と気安い声が上がる。

「小熊《こぐま》ちゃん悪いけど、桶に井戸の水を汲んできて。ねえさんは、お医者様を」

「いいや、お勝《かつ》さんが行くよりも、俺《おれ》がひとっ走りしたほうが早《はえ》ぇ。ちょっと行ってくらぁ！」

威勢よく立ち上がったのは、魚河岸《うおがし》の仲買人「カク」だ。懐から出した手拭《てぬぐ》いをパンと広げ、日よけ代わりに頰《ほ》っ被りにする。

「ありがとうございます。『カク』さんも、暑いのでお気をつけて！」

お妙の声に送られて、「カク」が炎暑の中に駆け出してゆく。その姿を見届けてから、只次郎は二階へ上がった。

「あ、襖《ふすま》。開けます！」

あいにく両手が塞《ふさ》がっており、後から追いかけてきたお妙と、狭い廊下で体を入れ替える。只次郎を先に通してから、お妙は手早く二間続きの奥の部屋に布団を延《の》べた。

「どうぞ、こちらに」

促されて、女児を横たえる。ずいぶん息が荒い。気を失っているわけではないが、まだ朦朧としたままだ。

「しんどそうね。名前は言える？」

「は、な」

お妙の問いかけに、微《かす》かながら答えが返ってきた。

「はな？　お花《はな》ちゃんね。いい名前ね」

天女のごときお妙の微笑《ほほえ》みを受け、お花はいくぶん安心したようだ。その口元が、ほっと弛む。

「お妙さん、持ってきたよ！」

熊吉《くまきち》が手桶に水を満たし、そろりそろりと階段を上がってきた。

「ありがとう。枕元《まくらもと》に置いてあげて」

お妙はさっと立ち上がると、押し入れの行李《こうり》から洗いざらしの手拭いを何枚か取り出し、胸に抱える。そして只次郎に尋ねてきた。

「水は、飲ませましたか？」

「ええ、倒れてすぐに」

「そう。ではまず体を冷やしましょう」

手桶の水に手拭いを浸し、白魚のような手でキュッキュッと絞ってゆく。その様子を眺めていたら、お妙が困ったような顔をした。

「あの、帯や衿元《えりもと》を緩めますので」

「ああ、はい。すみません」

子供とはいえ、女の子だ。只次郎だけでなく熊吉も、見えないようにくるりと背を向ける。

帯といっても、お花が締めているのは使い古しの扱《しご》き帯だ。幅の広い帯のような締めつけはなかろうが、それでも解《ほど》いてやれば少しは楽だろう。

後ろを向いていても、お花の衿元が開かれたのが気配で分かる。

「あっ！」と、お妙が悲鳴を上げた。なにごとかと、只次郎は思わず振り返ってしまう。

色褪《あ》せた着物の合わせから、お花の頼りない肩が覗いていた。目を引いたのは右肩だ。そこにはまるでひどく打たれたような、青黒い痣《あざ》が浮いていた。

首、両脇《りょうわき》、足のつけ根を手拭いで冷やし、塩を加えた西瓜《すいか》の絞り汁を匙《さじ》で飲ませてやる。すると息が整いだして、お花はすっと眠りに引き込まれていった。「カク」に連れられてやって来た医者はお花の脈をちょっと診《み》て、「これならもう大丈夫」と請《う》け合った。お妙の処置は、的確であったらしい。「目が覚《さ》めたら梅干しでも食べさせてやるといいよ」と言い、金だけはしっかり取って帰ってしまった。

只次郎もひとまずは裏木戸を挟んで隣の『春告堂《しゅんこくどう》』に帰り、盥水《たらいみず》で行水を済ませてから装《よそお》いを改めた。越後上布《えちごじょうふ》に夏袴《なつばかま》。さらりとした麻の肌触りが心地よい。機会があればいつでも渡せるよう、簪の木箱も懐に忍ばせておく。

お花はよく眠っていた。体に溜《た》まった熱を逃がすため、交代で横について団扇《うちわ》で煽《あお》いでやっていたが、いっこうに目を覚ます気配はない。親がいるなら早く報《しら》せてやらねばと思うのだが、無理に起こすのも可哀想《かわいそう》だ。ひとまずは、お花が目覚めるのを待つほかない。

「本当に、どこから来たんだろうねぇ」

昼餉の客は皆帰り、すでに夕刻に差しかかっている。世間話をしに来た裏店《うらだな》のおえんが、娘のかやを膝の上で揺すりながら天井を見上げた。

二階からは、物音一つ聞こえてこない。お妙が手拭いを取り替えるために上がって行って、それっきりだ。只次郎は小上がりに座り、早めの夕餉《ゆうげ》を取りに来た菱屋《ひしや》のご隠居と酒を酌《く》み交《か》わしていた。

「そもそも、親がいるのかいないのか」

節をつけるようにお勝が言い、小上がりの縁《へり》に腰掛けて煙草《たばこ》の煙をぷかりと吐く。

お花の風体からすると、親も家もなくさまよっていた子なのかもしれない。親がいたとしても、貧しかろう。それに、ちらりと見えた肩の痣――。

肩だけではない。お妙が言うには脇腹や背中、太股《ふともも》にも、痣や火傷《やけど》の跡があったらしい。火傷はおそらく、煙草の吸いさしを落とされたのだろうということだ。

嫌な想像を追い払おうと、只次郎は盃《さかずき》を一気に干《ほ》す。邪推《じゃすい》はよろしくない。まずはお花から、話を聞いてみなければ。

「いないなら、引き取っちまえばいいんじゃない?」

いい思いつきだと言わんばかりに、おえんが前に身を乗り出す。犬の子でもあるまいに、ずいぶん軽々しい発言である。

「誰《だれ》がです」

「もちろん、お侍さんとお妙ちゃんでさ!」

動揺を隠しきれず、手酌で注《つ》ごうとしていた酒が袴に零《こぼ》れた。お妙がこの場にいないのが、せめてもの救いである。

お勝が煙草の煙を手で払いながら、ハッと小馬鹿にしたように笑った。

「いいや、そりゃ気が早いよ。なんせまだ一度しか共寝しちゃいないんだからさ」

「なんと、一度だけ？　両国《りょうごく》の川開きの日から、もうひと月経《た》ちますよ！」

ご隠居までが、驚いて酒を零している。おえんの隣に並んで座っていた熊吉が、

「ああ、聞きたくねぇ、聞きたくねぇ！」と両手で耳を塞《ふさ》いだ。

「やっと結ばれたかと思ったのにさ。なにやってんのさ、お侍さん」

「それはこっちの台詞《せりふ》ですよ。おえんさんが、あっちこっち吹聴《ふいちょう》して回ったせいじゃないですか！」

やっと一つになれたと思った、川開きの夜。只次郎が深手を負《お》ったと勘違いしたお妙が髪を振り乱して駆け込んできて、たしかに愛されていると感じられた。只次郎は有頂天《うちょうてん》であった。

ところが翌朝目が覚めてみると、二人の仲はすでに町内の知るところとなっていた。なんでも明け方になってお妙が『ぜんや』に戻ろうとしたところを、よりにもよっておえんに見つかってしまったという。口止めはしたそうだが、そんなもの、おえんは三歩歩けば忘れてしまう。

「いやぁ、あのときはごめんね。アタシ、嬉《うれ》しくってさぁ」

少しは悪いと思っているのか、おえんは笑いながら首の後ろを掻《か》いている。只次郎としては、「ごめんね」では済まされない。噂《うわさ》はその日のうちに馴染《なじ》みの旦那衆《だんなしゅう》の耳にまで届き、升川屋《ますかわや》などは祝儀の酒を持って駆けつけてきたほどだ。飲めや歌えやと浮かれ騒ぐ得意客を前にして、それまで我慢《がまん》していたお妙がついに逆上した。

「もう、いい加減にしてください。私たちのことは、放《ほう》っておいてください！」

それ以来、やっと縮まったと思った距離は元通り。二人きりになっても「林様」と呼ばれ、手も握らせてはくれない。胸にしなだれかかってきたあの夜の素直さはどこへ行ってしまったのかと、首を捻《ひね》るばかりである。

「そりゃあね。あの子だって、お武家様の慰《なぐさ》み者になんざなりたかないさ」

お勝が冷笑ぎみに、只次郎を横目に見る。それはちょっと、聞き捨てがならない。

「待ってくださいよ、お勝さん。順番が前後してしまったかもしれませんが、私はそんな、生半《なまなか》な気持ちじゃありませんから」

「おや、そうかい。じゃあアンタ、あの子と夫婦《めおと》になるんだね？」

「ええ、もちろん。お妙さんさえよければ」

「それがどういうことか、分かってんだろ？」

お勝はお妙の親代わりだった人だ。只次郎は覚悟を決めて、「ええ」と頷く。

町人のお妙と一緒になるには、武士の身分を捨てねばならない。一時はどちらに身を置くべきかと悩みもしたが、幸いにも商いは順調で、武士の身分がなくてもやっていけると自信がついた。

どのみち貧乏旗本の次男坊。もとより人に羨《うらや》まれるような身分でなし、お妙と夫婦になれるなら、もはや惜しいとは思わない。

それでもこのひと月の間ぐずぐずしていたのは、せめてお妙のふた親を死に至らしめた黒幕を突き止めてからと考えていたからだ。鶯の鳴き声を頼りにして大身《たいしん》旗本や大名家に出入りするには、武士の身分があったほうが都合がよかった。

だがその捜索も、行き詰まっている。鶯指南に出向いた先で他に鶯を飼っている御《ご》仁《じん》を知りませんかと尋ね、片っ端から赴《おもむ》いてみたが、すべて外れ。捜しているルリオ調の鶯は見つからない。

先月の川開きの日には久世《くぜ》丹後守《たんごのかみ》様のお屋敷に用人《ようにん》の柏木《かしわぎ》を訪ね、さらに幾人かの鶯飼いの名を聞き出した。その帰りに、腕を切られた。

人気のない通りではなく、夕刻からの花火を楽しみに、むしろ人出は多かった。すれ違いざまに肩が触れてもおかしくはないほどの賑《にぎ》わい。だから職人風の男が勢いよくぶつかってきても、無理からぬことだと思った。

痛みを感じたのは、一瞬の後である。左腕を撫《な》でてみると、流れ出した血でぬるりと滑った。ぶつかった男はすでに、人混みに紛れてどこに行ったのか分からなくなっていた。

お妙には痴話喧嘩《ちわげんか》に巻き込まれたと苦しい言い訳をしたが、これが怪我《けが》の真相だ。お蔭でいくつか分かったことがある。やはり久世丹後守様のお屋敷は見張られている。そしておそらく、只次郎が身の回りを嗅《か》ぎ回っていることも気づかれている。命を取るつもりなら、たやすくできた。腕など切らず、刃物を腹に深く押し込めばよかったのだ。ということは、あくまで「ここには近づくな」という脅《おど》しなのだろう。

無駄なことを。久世丹後守様は黒幕の正体に心当たりがあるのだろうが、確たる証拠もない話を人に洩《も》らしはするまい。何度通おうとも、只次郎が黒幕の尻尾《しっぽ》を摑《つか》まぬかぎりは同じこと。だからこそ、黒幕に献上されたと思われるルリオ調の鶯の行方《ゆくえ》を突き止めたいのだ。

頼りになるのは、鶯の声を聴き分ける己の耳だけ。だが肝心《かんじん》の鶯が、秋が深まると「ホーホケキョ」とは鳴かなくなってしまう。そうなると、お手上げだ。鶯の喉《のど》が仕上がる来年の春まで待たねばならない。

それまでお妙との仲を、宙ぶらりにしておくのは忍びない。なにより只次郎自身が、早くお妙と所帯を持ちたかった。鶯の探索はやりづらくなるかもしれないが、ならばまた別のやりかたを模索するまでだ。

「実は今日、簪を買ってきたんです。身分など、捨てる覚悟はとっくについております」

「うひゃあっ。お侍さん、言うねぇ！」

只次郎の宣言に、おえんが沸《わ》き上がる。「果報者だよ、お妙ちゃんは」と、肥《こ》えた指で目尻《めじり》を拭った。

「でしたら私は、仲人《なこうど》でも務めさせてもらいましょうかねぇ」

ご隠居もまた、ほくほくと笑っている。仲人といってもすでにくっついているのだから特にすることはないが、盃を交わすときには立ち会ってもらいたい。

「ええ、ぜひ。お願いします」と、只次郎は頭を下げた。

「覚悟が決まってんなら、アタシが言うことはなにもないけどさ。なんせ難しい子だから、よろしく頼むよ」

お勝からお妙のことを託されると、さすがに胸に迫るものがある。「ありがとうございます」とそちらにも頭を下げると、照れ隠しなのかお勝は頰《ほお》に苦い笑みを浮かべた。

「オイラは認めねぇ！」

異論を唱《とな》えたのは、耳を塞いでいたはずの熊吉である。手で押さえたくらいでは、人の話し声は聞こえてしまう。

「熊吉――」

齢《よわい》十三の子供ながら、お妙に淡い恋心を抱いているのだ。同じ女に惚《ほ》れた者同士、只次郎はふっと眼差《まなざ》しに慈愛を込める。

「すまないねぇ。お前もせめて、あと十年早く生まれていればね」

「うるせぇ、同情してんじゃねぇよ」

熊吉が真っ赤になって、そっぽを向く。そうは言っても只次郎が怪我をしたときに、お妙を呼びに行ったのは熊吉だった。

「お妙さんを泣かせたりしたら、承知しねぇからな！」

好いた女の幸せを願える熊吉は、子供とはいえいい男だ。この恋敵《こいがたき》が本当に十年早く生まれていたら、敵《かな》わなかったかもしれない。

そんな思いを嚙《か》みしめながら、只次郎は「ああ。そのときは煮るなり焼くなり、好きにすればいいよ」と請け合った。

三

鰯《いわし》の焼き味噌《みそ》和《あ》えと針生姜《はりしょうが》、細く切った大葉を飯に載せ、鰹出汁《かつおだし》をそっと注ぐ。それをずずっと掻き込んで、只次郎は「うん、旨《うま》い！」と身を震わせた。

鰯は手で割《さ》いて、生のまま焼き味噌と赤唐辛子《あかとうがらし》で和えてある。そのまま食べてもむっちりとした鰯の歯ごたえに、香ばしい味噌とピリリとした辛みが溶け合い、実に旨い。それに締めの飯と出汁を合わせれば、暑さに疲れた体にもするりと入ってしまう。

「これはいけない。土鍋《どなべ》一杯の飯が、あっと言う間に消えそうですよ」

「酒盗ならぬ、飯盗ですね」

ご隠居と冗談《じょうだん》を交わしつつ、舌鼓《したつづみ》を打つ。お妙がふふふと笑いながら、蜆汁《しじみじる》と白瓜《しろうり》の漬物を運んできた。お花の番は今、お勝がしている。

「すみません、なんだか今日は慌ただしくて」

汁椀《しるわん》を折敷《おしき》の上に置き、お妙がご隠居に詫《わ》びを入れる。只次郎は、「そんな、私こそ」と姿勢を正した。

「ご迷惑をかけてしまって、すみません。でも、放っておけなかったものですから」

暑さにあたっただけでも、幼い子は命取りになる。只次郎にぶつかったのもなにかの縁だ。見て見ぬふりはできなかった。

「子供を拾ってくるのはお妙ちゃんの十八番《おはこ》だと思ってたけどねぇ。まさかお侍さんまで連れてきちまうとは」

目方がすっかり戻ってしまったおえんも、小皿に小量盛られた鰯を爪楊枝《つまようじ》でつついている。箸《はし》を渡すと食べすぎてしまうからと、苦肉の策で楊枝を与えられていた。

「十八番って、そんな」

「だってほら、この熊吉だって、海苔屋《のりや》のお梅《うめ》ちゃんだって、お妙ちゃんが拾ってきたんじゃないのさ」

熊吉は奉公先の俵屋《たわらや》から出奔《しゅっぽん》してさすらっていたところを、お梅は神田川に置き去りにされたところを、それぞれお妙に拾われている。言われてみればお妙には、身寄りのない子供を拾ってしまう癖《くせ》があるのかもしれない。

「うん。オイラ、お妙さんがいなきゃ野垂《のた》れ死《じ》にしてたかもしれないよ」

「だよねぇ。だからいっそお花ちゃんのことも、あんたたちが——」

おえんがなにを言わんとしているかを悟り、只次郎は「あのっ！」と声を張り上げる。その先を言わすまじと、漬物の小皿を手に取った。

「お、おえんさん。瓜のぬか漬け、ひと切れ食べませんか?」

「えっ、いいの? 食べる食べる!」

危なかった。どうせまた、二人の養い子にでもしちまえと言うつもりだったのだ。

おえんは気のいい女だが、粗忽《そこつ》にすぎる。

「しかしまぁ、お花ちゃんね。いい名じゃありませんか」

ご隠居が巧《たく》みに、話の流れを変えてくれた。花という名は別段珍しいものではないが、ご隠居の死んだ連れ合いも花である。その面影《おもかげ》を忍んでか、飼っている鶯にも「ハナ」という名をつけていた。

「これもご縁だ。関《かか》わっちまったからには、親身になってやらないとねぇ」

その通り、子供は一人では生きていけない。だから周りの大人たちが、その成長を助けてやらねばならないのだ。こんなふうに関わってしまったら、もはや赤の他人ではない。できることがあるのなら、力を貸してやりたいと思う。

「だけどあの子、ちょっと不思議で」

お妙が戸惑《とまど》いぎみに、緩く握った手を口元に当てる。なにを言うのかと周りが見守る中で、そっと声を低くした。

「においが、しないんですよ」

「ああ、お妙さんも気づきましたか」

それは只次郎も、疑問に思っていたことだった。みなしごや親に構ってもらっていない子は、たいてい満足に風呂に入れていない。熊吉もお梅も拾われたばかりのときは、垢《あか》じみたにおいがしていたものだ。

だがお花は襤褸を身に纏《まと》っていても、においがしない。夏場は二日三日風呂に入らないだけで汗臭いのに、髪も着物も水に晒《さら》したばかりのように、におわない。

「言われてみれば」と熊吉も、ハッと息を呑んだ。

「え、なに。じゃあどういうこと？」

「それが分からないから、不思議なんです」

首を傾げるおえんに、只次郎はそう返す。

実は襤褸に身をやつしているだけの高貴の子かとも考えたが、そんな黄表紙《きびょうし》のようなことがあるはずもない。それでは体の痣の説明がつかないし、垂れ下げた髪も傷《いた》んでいた。

「なんでしょうね。些細《ささい》なことのようでいて、気になりますね」

年の功のご隠居も、さっぱり分からないと肩をすくめる。そのとき二階の襖が、すっと開く気配がした。

階段をきしませて、下りてきたのはお勝一人。只次郎と目が合うと、顎《あご》でクイと二階を示して見せた。

「起きたよ、あの子」

濡れ手拭いを首に巻いたまま、お花が布団の上に身を起こしている。

つぶらな瞳《ひとみ》に力が戻っており、体はひとまず回復したようだ。顔立ちは小作りで寂しげな感じだが、よく見れば整っている。表情があれば愛らしかろうに、頰の肉は能面のように硬そうだった。

只次郎はお花の床の脇に座り、努《つと》めて優しげな笑みを浮かべる。

「お花ちゃん、大変だったたね。倒れたときのことは覚えてる？」

「はい。助けてくれて、ありがとう」

澄《す》んだ声だ。しかし、抑揚《よくよう》がない。

「歳は、いくつ？」

「九つ」

「じゃあ、家がどこか言えるね？」

そう尋ねると、お花は薄い唇を閉ざしてしまった。どこの誰かも分からぬ侍を、警戒しているのかもしれない。

「きっと、お父《とっ》つぁんやおっ母《か》さんが心配しているだろう？　ひとっ走り行って、報せてこようかと思ってね」

「今、何刻《なんどき》？」

「そろそろ、夕七つ半（午後五時）といったところかな」

「じゃあ、まだ駄目」

「駄目って、なにが？」

「日が暮れるまで、帰っちゃいけない」

そう言い含められて、炎天下に放り出されたというのか。

お花はどうやら、みなしごではない。親か、親代わりの者がいる。どちらにせよ、あまり性質《たち》はよくないようだ。

「その言いつけを守って、暑さにあたってしまったんだね」

子供というのはちっとも言うことを聞かないときもあれば、妙に真面目《まじめ》だったりもする。体の調子が悪くても、帰ってくるなと言われればその通りにしてしまうのだ。

「分かった。なら日が暮れるまでは、ここでゆっくりしていくといい。決して、怪しい家ではないから」

そう言い添えると却《かえ》って怪しいような気もしたが、お花はこくりと頷いた。倒れかかる相手を間違えれば今ごろひどい目に遭《あ》っていたかもしれないのに、暢気《のんき》なものだ。子供は、ことに女の子は、高く売れるというのに。

「あの、失礼します」

廊下から呼びかける声がして、襖がするりと開いた。料理の載った折敷を手に、お妙が部屋に入ってくる。

「もし食べられそうならと思って持ってきたのだけれど、お腹《なか》は空《す》いているかしら？」

お妙の問いかけに、お花はまたこくりと頷いた。

折敷に並んでいるのは、只次郎も先ほどご隠居と酒を酌み交わしながら食べた料理の数々だ。鰹の山かけ、青豆豆腐、翡翠《ひすい》蛸《だこ》、焼き茄子《なす》、鰯の焼き味噌和え。どれも大暑の候に合わせ、体の熱を取り、水気と滋養を補ってくれるものばかり。医者の助言に従って、梅と若布《わかめ》の梅若汁《うめわかじる》も添えられている。

「無理をしないで、食べられるものだけでいいからね」

お妙に促され、お花は床を出て折敷の前に座る。だが苦手なものがあったのか、料理に目を落とすと薄い眉《まゆ》を軽く寄せた。

「枝豆は、ちょっと」

「あら。これに枝豆が入っているって、よく分かりましたね」

お妙が手を伸ばし、青豆豆腐の皿を引く。擂《す》り鉢《ばち》で枝豆、豆腐、卵白をなめらかになるまで擂り、酒と塩少々を加えて蒸したものだ。食べれば枝豆らしい香りと甘みを楽しめるが、見た目は緑色をした豆腐である。只次郎もご隠居も、口にするまではその正体がなんなのか分からなかった。

「枝豆は嫌なのね。じゃあ、好きなものは？」

「胡瓜《きゆうり》」

ぼそりと呟《つぶや》き、お花は翡翠蛸の小鉢を手前に引き寄せた。

擂り下ろした胡瓜を衣にし、蛸を三杯酢で和えた、『ぜんや』の夏の献立《こんだて》である。まだ胡瓜を禁忌《きんき》としていたころの只次郎が、そうとは気づかずに食べてしまった代物《しろもの》だ。それもまた、お花は過《あやま》たずに言い当てた。

この子はいったい、何者だろう。箸は握り箸、言葉も歳のわりには拙《つたな》い。姪のお栄とはちょうど歳が同じ。いいや、只次郎が直々に勉学を見てやったお栄と比べるのは酷《こく》か。だが十でお妙に拾われた熊吉も、当時からずいぶん弁が立った。

只次郎とお妙が見守る中、お花は翡翠色の衣を纏った蛸を口にする。何度か咀嚼《そしやく》をして飲み込むと、ふいに真顔になった。

感情の読み取れない顔である。お妙が下からおそるおそる覗き込んだ。

「お口に、合わなかったかしら？」

お花は真顔のまま首を振る。「びっくりした」と言って、口元を手で覆《おお》った。

「世の中に、こんなに美味《おい》しいものがあったんだ」

相変わらず、表情は硬い。だがその瞳は、微《かす》かに潤《うる》んでいた。

たった九つの子供である。何者かと疑ったところで、まだ何者にもなっていない。

お花はただ、境遇に恵まれなかっただけの子だ。

次はなにを食べようかと迷う子に、お妙が優しい眼差しを注いでいる。

「いいのよ、ゆっくり召し上がれ」

その声は、隣で聞いているだけの只次郎の心をも溶かしていった。

四

お花は青豆豆腐を除き、折敷の上の料理をすべて「美味しい、美味しい」と平らげてしまった。聞けば、朝からなにも食べていなかったという。それでは暑さに負けてしまうはずである。

念のため体に巻いた手拭いをお妙がもう一度取り替えて、暑気を払うという売り文句の枇杷葉湯《びわようとう》を飲ませてやる。やっと人心地ついたところで、暮れ六つ（午後六時）の捨て鐘が鳴りだした。

「いけない」と、お花が急に立ち上がる。まだ本調子ではないようで、その拍子《ひょうし》によろめいた。

「危ないよ、いきなり動いては」

只次郎も腰を浮かし、お花を抱き留める。哀《かな》しいほどに、肩が薄い。それがなぜか、小刻《こきざ》みに震えている。

「だけどもう、帰らなきゃ」

日が暮れるまで帰ってはいけないが、遅くなりすぎてもいけないのか。お花の怯《おび》えた様子から、そう悟った。

「だったら、送って行くよ。もう日の入りだ」

幼い子供が一人で帰路に就《つ》くには遅い。手のひらを差し出すと、お花は素直に握り返してきた。

「よろしくお願いします」と、お妙が目で合図を送ってくる。お花の境遇を、見極めて来てほしいのだろう。只次郎は、心得たりと頷き返す。

薄暮の町にはようやく涼しい風が吹き、人々は生き返ったとばかりに外へ出ていた。往来の両側の店はすでに大戸を半ば下ろし、家ごとに涼み台を出して涼を楽しんでいる。浴衣《ゆかた》を着てそぞろ歩くのは湯屋帰り。団扇と煙草を手に持って、昼間の熱を払っている。

「白玉ァ、お汁粉ゥ〜！」

「エ、すいとん。エ、すいとん」

「按摩《あんま》ァ〜、鍼《はり》ィ〜！」

物売りや按摩の声があちこちから上がり、新内流《しんないなが》しが客を求めて一節語る。江戸の夏の賑《にぎ》わいは、宵《よい》のうちにある。

只次郎はお花の手を引き、賑やかな往来を北へと歩む。昼間は閑散《かんさん》としていた下谷広小路も、見世物《みせもの》小屋の呼び込みが喉を嗄《か》らし、屋台からは鰻《うなぎ》や貝を焼く煙が漂ってくる。盤台桶に水を打った夏桃がしっとりと赤く濡れているのに目を引かれたが、お花は脇目も振らずにずんずんと進んでゆく。

家はどの辺りかと聞いても答えない。それでも忍川《しのぶかわ》を越え、上野山《うえのやま》に沿って歩いてゆくうちに、見当がついてきた。上野山の東の山裾《やますそ》には、下谷山崎町《やまざきちょう》がある。その日暮らしにも困る貧しい人々が、肩を寄せ合うようにして暮らす町だ。破れ長屋が建ち並ぶ溝臭《どぶくさ》い町の端で、ちょうど枝豆売りの女と行き合った。

夏の日暮れ時に籠《かご》いっぱいの枝豆を売り歩くのは、困窮《こんきゅう》した女の仕事である。この女も例に洩《も》れず、艶のない髪は結い上げずに紐《ひも》で縛っただけ。継《つ》ぎ接《は》ぎだらけの着物は合わせが緩く、肋《あばら》の骨が浮いている。

そんな虚《うつ》ろな目をした枝豆売りが、お花に気づくとハッと形相《ぎょうそう》を険しくした。ふらふらとした足取りが一変し、地面を踏み鳴らして近づいてくる。そしてとっさに只次郎の背後に隠れようとしたお花の腕を捻《ねじ》り上げた。

「アンタ、どこをほっつき歩いてたんだい。遅いじゃないか！」

「痛い！　ごめんなさい、おっ母さん」

まさか、この枝豆売りがお花の母親か。只次郎は慌てて二人の間に体を入れ、母親の肩を押し戻す。

「待ってください。この子は昼間、暑さにあたって倒れたんです」

その段になってようやく、母親は只次郎の存在に気づいたらしい。頭の先から爪先《つまさき》まで無遠慮《ぶえんりょ》に眺め回し、「まぁ、お侍じゃないか」と目を輝かせた。

「なにさお前、まだ子供だと思ってたけど、お侍をたらし込んでくるとは隅に置けないねぇ」

そう言って、お花の肩を小突こうとする。とっさにその拳《こぶし》を受け止めて、只次郎は顔をしかめた。

「いったい、なにを言っているんですか」

嫌悪が胸の中で渦《うず》を巻く。母親の言葉は、九つの子供に投げかけていいものではなかった。

「私の話を聞いていましたか。この子は炎天下をさまよい歩いて、倒れたんです」

「ああ、分かった。分かったよ。礼ならいくらでも、この子からもらっとくれ。ああ、でも突っつき合いは駄目だよ。この子に月のものが来るまではね」

只次郎の手を振り払い、母親がにやりと笑う。みぞおちにすとんと、氷を落とし込まれたような気分だ。この女は、倒れた娘を心配する素振りも見せない。

「どうか末永く、大事にしてやってくださいな。さ、行きな」

窘《たしな》めようにも、話が通じる気がしなかった。けれども腹に据えかねて、只次郎は刃《やいば》のように声を研《と》ぎ澄ます。

「その言い様はお花さんにも、私にも、失礼ではありませんか」

後ろから、お花が袖《そで》を引いてくる。もういいから関わるなと言いたいのだろうか。

母親は、「は？」と大きく口を開けた。奥の歯が一本欠けていた。

「なに怒ってんのさ。侍ってのはまったく、どいつもこいつも偉そうだねぇ」

こちらを馬鹿にするように、間の抜けた顔でへらへらと笑いだす。この女の、人を不快にさせる才だけはたいしたものだ。

いけないと思っていても、つい拳を握ってしまう。それを女の頭へ振り下ろさずに済むように、只次郎は息を吐いて余分な怒りを逃がさんとする。

とそこへ、五十がらみの胡麻塩頭《ごましおあたま》の男が割り込んできた。

「おいおい、お槇《まき》さん。なにお侍に喧嘩《けんか》売ってんだい。よさねぇか。町の皆まで目をつけられちまわぁ」

身なりのみすぼらしさは、お槇と呼ばれた女と大差ない。出先から帰ってきたところらしく、薄汚い風呂敷包みを提《さ》げている。

「でもさ、源《げん》さん」

「ほらほら、ここは収めといてやるから、さっさと枝豆を売ってきちまいな」

さらに言い募《つの》ろうとしたお槇を、胡麻塩頭の源さんがシッシッと追い払う。お槇は盛大に鼻を鳴らし、身を翻して去ってゆく。

その背中が小さくなってから、源さんは頭を掻《か》きつつ腰を低くした。

「いやぁ、すみませんね。ありゃあ、町内でもかなりの変わり者でして」

とばっちりが町の者に及ばぬよう、只次郎を宥《なだ》めにかかる。聞けばお槇の隣の部屋で、一人住まいをしているそうだ。

「お花ちゃんも、大丈夫かい。いつも大変だねぇ」

源さんはお花のことも気にかけて、節くれ立った手で頭を撫でる。だがお花は迷惑そうに、その手から逃れた。

「嫌、鳥臭い」

「ああ、よく分かったね。鶯の糞《ふん》を持っているからね」

お花はじりじりと後退《あとずさ》ってから、闇《やみ》に沈もうとしている町の中へと駆けてゆく。

「あ、ちょっと」という制止の声は、間に合わない。燃やす油もないのか建ち並ぶ家々には障子越《しょうじご》しに揺らめく行灯《あんどん》の火も見えず、不案内な者が足を踏み入れるにはあまりに暗い。

「平気だよ。あの子の家は、もうすぐそこだ」

さほど遠くはない場所で、建てつけの悪い戸が開く音がした。無事に帰れたなら、それでいいのだが。

「鼻がよすぎるんだよなぁ。こんな溝臭い町で、鶯の糞のにおいを嗅《か》ぎ分けるんだから」

「なるほど、鼻ですか」

青豆豆腐に枝豆が使われていると見破ったのも、翡翠蛸の衣が胡瓜だと分かったのも、微かなにおいを感じ取っていたからとすれば、合点《がてん》がいく。それほど鼻が利《き》くのなら、悪臭に満ちたこの町での暮らしは辛《つら》いはずだった。

「さ、お侍さんももう帰んな。ここは、あんたのようなお人が来る所じゃないよ」

事情も聞かずに、源さんは只次郎を追い返しにかかる。この界隈《かいわい》には脛《すね》に疵《きず》持つ者も多かろうから、よそ者にはうろつき回られたくないのだろう。

だが只次郎は、もはや聞き流せないことを耳にしてしまった。

「あの、あなたは鶯の糞買いなのですか？」

「ああ、そうだが」

鶯飼いの家々を回り、美肌にいいとされる鶯の糞を買ってゆく者たち。つき合いのあった又三《またぞう》に死なれてからは、只次郎の家には別の男が来ている。仕事柄、彼らはどこに鶯が飼われているかをよく知っている。

「不躾《ぶしつけ》なお願いですみませんが、得意先の家々を教えてはくれませんか。もちろん、無料《ただ》でとは言いません」

薄暗い中でも、源さんの口元が訝《いぶか》しげに歪《ゆが》むのが見えた。怪しまれて当然だ。只次郎はさらに言葉を重ねた。

「私は鶯の鳴きつけや、飼いかたの指南を生業《なりわい》としておりまして。そろそろ新たな得意先を、拓《ひら》いていきたいと思っていたところなんです」

源さんの商いの、邪魔をするわけではない。それさえ分かってもらえれば、あとは金次第《しだい》だろう。

源さんは思案げに、こちらも胡麻塩になった顎《あご》の無精髭《ぶしょうひげ》を撫でている。値踏みをするような視線が、只次郎の顔を撫でてゆく。

「なぁ、あんたもしかして、又三が言ってたお侍かい？」

「又三のことを、ご存知《ぞんじ》なんですか！」

「やっぱり。鶯の鳴きつけを生業《なりわい》としてるお侍なんざ、そうそういるもんじゃねぇもんな」

相手の警戒が弛むのが、肌で分かった。源さんが、脱力したような笑みを浮かべる。

「あんたの話はよく聞いてたよ。お侍なのに偉ぶらなくて、気前よく酒や飯を奢《おご》ってくれるんだってさ」

「それだと私、まるで鴨《かも》にされてたみたいじゃないですか」

「嬉しそうに喋《しゃべ》ってたぜ。まったく、心中なんかする輩《タマ》じゃあなかったのにな」

実のところは、心中に見せかけた殺しだった。だが源さんに真相を明かしたところで、どうにもならない。只次郎は「そうですねぇ」と相槌《あいづち》を打つ。

「そういうことなら、ちょっと一杯引っかけながら話さねぇかい？」

盃をくいっと傾ける仕草をして、源さんは片頰を歪《ゆが》めて笑う。つまり、俺にも奢れということだ。

求める話が聞けるのならば、異論はない。只次郎は、「いいですねぇ」と微笑み返した。

五

「それで帰りが遅くなったんですね」

水瓶《みずがめ》から湯吞みに水を汲《く》み、お妙がそっと差し出してくる。源さんがいける口だったせいで、少しばかり飲みすぎた。

只次郎は「ありがとうございます」と湯吞みを受け取る。

客もお勝もすでに帰り、二人きり。しんとしているせいで、犬の遠吠《とおぼ》えがやけに大きく聞こえる。昼間はへたばりかけていた犬たちも、夜は元気だ。おおかた夕涼み客が食べ散らかした残飯を、漁《あさ》り回っているのだろう。

ぬるい水をひと口、酒の回った体に流し込む。お妙はどうも、機嫌《きげん》が悪い。さっきからちっとも目が合わない。

「もしかして、心配してくれました？」

「もしかしなくても、心配しました。また厄介事《やっかいごと》に巻き込まれているのじゃないかと」

只次郎は床几に腰掛けているのに、お妙は立ったまま。つんと澄ましているのが可愛《かわい》くて、うっかり頬が弛んでしまう。

「すみません、お妙さん。ひとまず隣に来てください」

空いたところを手で叩《たた》き、座るよう勧める。するとお妙は、案外素直に腰掛けた。

心配をかけた後のほうが、お妙との距離は縮まるらしい。ためしに手を握ってみると、「もう」と目を逸《そ》らしてはにかんだ。

「そんなことより、お花ちゃんですよ。源さんは、なんと言っていたんですか？」

もう少し甘い気分を味わっていたかったのだが、お妙ときたら無情である。それでも握った手を振りほどかれないだけ、ましかもしれない。

源さんからは無事、得意先の鶯飼いの名を聞き出せた。只次郎がすでに鶯商いで訪れたところもあれば、はじめて聞く名前もある。特に源さんは江戸の外れにまで足を延ばしており、そのあたりは只次郎の網から洩れていた。

だが自分から厄介事に巻き込まれに行っていることを、お妙にはまだ話せない。言えば止められるに決まっている。だから源さんからは、お花とその母親の事情のみを聞きだしてきたということになっている。

只次郎はもうひと口、水で喉を湿らせてから切りだした。

「お花ちゃんは、母一人子一人で育てられてきたみたいです。本当か嘘《うそ》かは分かりませんが、父親は侍だったそうで」

あるいはお槇の狂言かもしれない。でもその言葉を信じるならば、お槇は若いころはなかなかの器量よしで、茶屋の看板娘として働いていた。やがて客として通ってきていた侍と恋仲になり、将来を誓《ちか》い合ったという。

それなのにお槇の腹に新しい命が宿ったころ、侍はぱったりと姿を見せなくなった。風の便りによると兄が病であっけなく亡くなり、その侍が家を継いで嫁までもらったというではないか。つまりお槇は捨てられたのだ。

腹の子は無事に生まれてきたが、お槇は荒れに荒れて身を持ち崩した。美しかった容貌《ようぼう》も酒毒に崩れ、言動に辻褄《つじつま》の合わぬことが増えてきた。周りの人間はどんどんお槇から離れてゆき、もはやどうにもならなくなって、四年ほど前に下谷山崎町へ流れてきたそうだ。

「ああやって枝豆を売っちゃあいるが、たいした稼ぎにはならねぇだろ。昼間は二束三文で、体を売ってやがんだよ」

さほど旨くもない居酒屋で茹《ゆ》でた枝豆を食べながら、源さんはそう言っていた。めぼしい男が見つかれば、お槇は家に連れ帰る。だからお花は日が暮れるまで、外にいなければならないのだ。

「お花ちゃんの体の痣も、おそらくお槇さんだろうと。気にくわないことがあれば、喚《わめ》きちらして棒で打ったりするようです」

面と向かえば不快の塊のようなお槇だが、その経歴には同情できるところもある。一人で子が作れるわけもなし、元はと言えば町方に手を出して、去って行った男が悪い。とはいえお花の境遇は、あまりにも過酷だった。

「そうですか」

それまで黙って話を聞いていたお妙が、痛ましげに眉を寄せる。

ひどい目に遭っている子供はきっとこの瞬間にも大勢いて、すべてを救うことなどできはしない。だからお花をどうにかしてやりたいと思うのは、ただの驕《おご》りだ。でもたまたま目についてしまったものを、見なかったことにはできそうにない。

「昼間にまた行くところがなければ、ここに来るように伝えてほしいと、源さんにお願いしてきました。ですからお花ちゃんが顔を見せたら、なにか食べさせてやってください。その分のお代は、私が出しますので」

「そんな、お代なんて」

「出しますから」

繋《つな》いだ手をぎゅっと握る。お妙は「はぁ」と頷いて、長い睫毛《まつげ》をそっと伏せた。

「こんなことを言っては悪いですが、いっそ親がいなければ、すぐにでもあの子を引き取れるのにと思ってしまいます」

「そうですね。お槇さんは、なかなか手強《てごわ》そうです」

もう少し暮らし向きがよくなれば、あの母親の心にも余裕が出て、お花に優しくできるようになるだろうか。自ら立ち直るつもりがあるのなら、微力ながら手を貸せるかもしれない。今一度、お槇とは話をする必要がありそうだった。

「元々は、一途《いちず》な人だったんでしょうね。言葉でなんと言われたって、お武家様と一緒になれるはずもないのに」

お妙の頬に落ちた睫毛の影が、頼りなげに揺れている。その様子に、只次郎は胸を絞られた。

もしかして、ずっとそんなふうに思っていたのか。このひと月の間お妙がやけによそよそしかったのは、武家の男の誠を信じきれなかったせいかもしれない。不安を感じさせていたのなら、只次郎の落ち度である。

「お妙さん、私は違いますからね」

「えっ？」

お妙が驚いたように顔を上げる。

言うなら今しかないと思った。只次郎はいったんお妙の手を放し、懐から木箱を取り出した。

「武士の身分など、いつでも放り出す用意はできています。どうか私と、一緒になってください」

木箱の蓋《ふた》を開け、お妙の目の前に差し出す。瑪瑙の玉簪が、行灯の灯を受けてとろりと光った。

お妙が自分を、好いていることは知っている。だからきっと、喜んでくれるものと信じていた。

「あの、ありがとうございます」

突然のことに、お妙は言葉をなくしていた。しばらくすると、ぽつりと呟くようにそう言った。そして深々と、頭を下げる。

「そこまで考えてくださったなんて、嬉しいです。ですが、謹《つつし》んでお断り申し上げます」

「ええっ！」

一瞬ふわりと浮いた気持ちが、地に落ちた。己の耳が信じられず、只次郎は耳たぶを引っ張ってみた。ちゃんと、いつもの所についている。

「なぜです。私を、好いてくれていないんですか？」

「好いておりますよ」

思わず洩れてしまった情けない問いかけに、お妙はあっさりと首肯《しゅこう》した。

「ですが、林様に身分を捨てさせてまで夫婦になろうとは思いません。私だって後家なんですから、気楽な間柄でいいじゃありませんか」

「気楽な、間柄？」

「ええ。あまり重く受け止めないでください」

まさかお妙の口から、そんな言葉が出てこようとは。さっきまでお花やお槇のことをあれこれと考えていたのにすっかり吹き飛び、頭が真っ白になってしまった。

「なんせ難しい子だから、よろしく頼むよ」

そう言ったお勝の声だけが、空の彼方《かなた》から聞こえた気がした。

# 草市の夜

一

棚の四隅に青竹《あおだけ》を立て、青杉葉《あおすぎば》で作った籬《まがき》で周りを囲う。天面には真菰《まこも》を敷き、青竹の葉に近いところに菰縄を張り渡した。そこへ位牌《いはい》を安置すれば、精霊棚《しょうりょうだな》の出来上がりだ。

お妙は一歩引いてみて、棚の仕上がりをたしかめる。すでに文月《ふづき》十二日。明日が盆の入りである。

「こんなものかしら」

供《そな》え物や飾《かざ》り物は、今夜開かれる草市《くさいち》でまとめて揃《そろ》えればいい。畳《たたみ》に落ちた青竹の葉や真菰の屑《くず》などを掃《は》いて捨て、お妙は精霊棚の前に座った。

位牌は亡き良人《おっと》善助のものだけで、ふた親のものはない。火事の後逃げるようにして江戸に連れてこられ、満足に供養《くよう》もできていなかった。朧《おぼろ》げになった面影《おもかげ》に向かって、あらためてそっと手を合わす。

死者の魂《たましい》が帰ってくるという盂蘭盆会《うらぼんえ》。だが自分は、それを迎えるに値《あたい》するのだろうかと不安になる。己の所業を振り返ってみれば、親の仇《かたき》を野放しにし、若い男に懸《け》想《そう》して、不孝不貞の極みである。

「ごめんなさい」と、声に出して謝った。

今までずっと、盂蘭盆会とは亡き人を偲《しの》ぶためのものとばかり思っていた。だが生きているかぎり、亡き者に対して誠実であり続けることはできない。日常では顧《かえり》みることのないその罪悪を、懺悔《さんげ》する日でもあるのだろう。

死者は時を止めたまま、記憶の淵《ふち》に眠っている。生者は時の流れに抗《あらが》えず、どんどんその在《あ》りようを変えてゆく。

それでもすべてお妙自身が考えて、選び取ってきたことだ。後悔はしていない。そのことだけでも、分かってほしい。そう思うのは、生者の驕《おご》りなのだろうか。

「おーい、お妙さん。魚屋が来たよ」

階下から、熊吉の呼ぶ声がする。明日からの三日間は精進《しょうじん》のため生臭《なまぐさ》を扱わず、魚介を売る棒手振《ぼてふ》りもやって来ない。今日中に使いきれる量を、賢く買わねば。

今日は立秋。暦《こよみ》の上では秋になるといえ、まだまだ暑い盛りである。煮物なども、置いておくとすぐ悪くなる。

「はぁい」

返事をし、お妙は前掛けの紐《ひも》を締め直して立ち上がった。

出入りの魚屋は、善助のころからつき合いのあった爺《じい》さんが歳《とし》でもうやれないと言うので、ここ神田花房町代地に移ったのを機に、仲買人《なかがいにん》の「マル」や「カク」から目のたしかな者を紹介してもらった。たまに魚河岸《うおがし》連中と連れだって、昼飯を食べにくる男だ。

「お妙さんなら旨《うま》いもんを作ってくれるって分かってるから、目利《めき》きのし甲斐《がい》もあらぁ」と言って、いつもいい物を持ってくる。

本日のお勧めは、鰈《かれい》だった。

江戸では形の大きなものを鮃《ひらめ》、小振りなものを鰈と呼ぶが、上方《かみがた》ではどちらも鰈だ。子持ちを楽しむなら冬から春先、引き締まった身を味わうなら夏から秋がいい。

弾力のある身は、煮つけにしても旨かろう。冷水でサッと締めて、洗いにしてもいいかもしれない。昨日鮎《あゆ》を焼いたから、蓼酢《たでず》が残っている。それで食べさせても面白かろう。

頭の中で素早く献立《こんだて》の算段をつけ、勧められるままに鰈を買い求めた。

昼四つ（午前十時）の捨て鐘が鳴っている。店を開けるまでは、あと半刻《はんとき》（一時間）

ほど。急いで煮つけてしまおうと、お妙は着物の袖《そで》を襷掛《たすきが》けにする。

「それじゃあオイラ、表を掃いて水を打っとくよ」

「ありがとう、小熊ちゃん」

気働きのある熊吉の存在は、実にありがたい。「ついでにこれも貼《は》ってくらぁ」と、前もって墨書しておいた貼り紙を手に取った。

『本日、夕ななつより一刻のうち貸切』

夕刻から、升川屋のお志乃《しの》が来ることになっている。

「うわっ！」

表の戸をするりと開けて、外へ飛び出そうとした熊吉が空足《からあし》を踏む。戸のすぐ前に、誰《だれ》かが立っていたらしい。

「なんだよ、お前。また来やがったのか」

呆《あき》れたような口調だが、邪険にしている様子はない。肩越しに覗《のぞ》き込むと、そこには襤褸《ぼろ》を身に纏《まと》ったお花が立っていた。

「あら、いらっしゃい」と、お妙はにこやかに出迎える。

お花には、本当に行くあてがないのだろう。暑気にあたって倒れたところを只次郎に拾われて以来、毎日のように飯を食べにやって来る。

こちらからそうするよう勧めたのだから、なにも文句はない。ただこれほどまでに親から放《ほう》っておかれている子がいるのかと思うと、胸が痛む。

「なんでい」

お花はぼんやりと、熊吉が手にした紙を見上げていた。熊吉が首を傾《かし》げると、

「な!」と言って指を差す。

「ん?」

「はなの、な!」

やっと意味が摑《つか》めた。書かれた文字の中に、「な」の字があるのを見つけたのだ。

驚いたことに、お花は仮名《かな》文字さえまともに読めなかった。それが分かったのは、表の立て障子《しょうじ》に書かれた『ぜんや』の文字を、「なんと読むの?」と聞かれたからだ。お花は自分の名前すら、書くことも読むこともできなかった。

手習いに通わせる余裕がないのは分かる。それでも仮名文字くらいは、親が教えぬものだろうか。見かねた熊吉が「ちょっと来い」と裏に連れ出し、土の上に棒っきれで『はな』と書いてやったという。

「そうよ。七つの『な』、花の『な』。もう覚えたのね。偉いわ」

褒《ほ》められると、お花はきょとんとした顔をする。きっと、慣れていないのだろう。

頭を撫《な》でてやろうとすると、ぶたれると思って身を竦《すく》める。

「読むだけじゃなく、ちゃんと書けるんだろうな」

「書ける！」

「じゃ、飯食ったら見てやるよ。ほら、早く入りな。暑いんだから」

兄貴風を吹かし、熊吉がお花を中へと招き入れた。俵屋でもこんなふうに、自分より幼い奉公人の世話を焼いているのだろう。面倒見のいい子である。

「お侍さんは、いないんだ」

床几《しょうぎ》に腰掛けて、お花はすんすんと鼻を鳴らした。ずいぶん鼻が利《き》くらしいが、人の在否までにおいで分かるものなのだろうか。お妙は炎天下を歩いてきたお花にまず麦湯を出してやり、頷《うなず》いた。

「ええ、お仕事よ」

「こないだ、おっ母《か》さんのところに来てた」

「そうみたいね」

貧しさは心を曇《くも》らせる。只次郎はお花の母であるお槇がまともな職に就《つ》けるよう、なにくれと手を尽《つ》くしている。

熊吉の話では、古着屋で買い求めた薄汚い木綿《もめん》を着て出かけた日もあったという。

以前から町人の扮装《ふんそう》はしても、あくまで職人風だったのに、股引《ももひき》も穿《は》かず裸足《はだし》に藁草履《わらぞうり》だったそうだ。貧しい者の多く住む、下谷山崎町に紛《まぎ》れるための着物だろうか。

近ごろの只次郎は、どうもこそこそと動いている気配がする。

「ふぅん」

お花が床につかぬ足を、ぷらぷらと前後に振る。相変わらず着ているものはみすぼらしいが、においはしない。鼻のいいお花は体ににおいがつくのを嫌がって、頻繁《ひんぱん》に水を浴び、着物を洗っているそうだ。

まるで、猫のような子だと思う。猫が犬のように獣臭くならないのは、しょっちゅう毛づくろいをしているからだ。獲物《えもの》を待ち伏せ狩るために、己を消すのである。お花もまたそうやって、存在そのものを消そうとしているように思えた。

ふうふうと、お花は小さな唇《くちびる》を尖《とが》らせて、熱い麦湯を吹き冷ます。ほんの少し口をつけ、まだ熱かったのか湯呑《ゆの》みを置いた。

「いつ、帰る?」

「さぁ。早い日もあれば、遅い日もありますから」

「そっか」

ずいぶん懐《なつ》かれたものである。お花は只次郎がいないと、あからさまに残念そうな顔をする。

「なんでぇ。どいつもこいつも、あの兄ちゃんのどこがいいんだよ」

表に貼り紙を貼り終えて、箒《ほうき》を取りに戻った熊吉が顔をしかめる。只次郎が人気だと、面白くないのだろう。

「あの人は、優しいにおいがする」

「そうか？　けっこう腹黒いぞ」

大店《おおだな》の旦那衆《だんなしゅう》とつき合ううちに、人として練《ね》れてきたところはある。だが只次郎の、根っこにある優しさは変わらない。

そういった気質まで、においになって表れてしまうものなのだろうか。お花は九つにしては言葉が幼くて、たまに真意を摑みかねる。

「おっ母さんと一緒になって、あたしのお父《とっ》つぁんになってくれないかな」

だからこれも、あどけない子供の戯言《ざれごと》だ。気にするまい。

そう思うのに、「へぇ」という相槌《あいづち》がやけに冷たく響いた。

もしかすると、感情もにおいになって立ち昇るのではあるまいか。お妙は慌てて、取り繕《つくろ》うように微笑《ほほえ》んだ。

その顔を見た熊吉が、やれやれとばかりに首を振り、箒を持って出て行った。

「そんなもん、はっきり突っぱねてやりゃいいじゃないか。あれはアタシの男だぞ、滅多《めった》なことを言うもんじゃないってね！」

二

おえんが大きな胸乳《むなぢ》を揺らし、鼻息も荒く身を反《そ》らす。背に負《お》ぶわれたおかやまで、一緒に天井を見上げる格好になった。それでもまだすやすやと眠っているから、ずいぶん胆《きも》が太くなったものである。

「いやだ、私のだなんて」

頰《ほお》が熱くなるのを感じ、お妙はひやりとした手で押さえた。只次郎は、お妙より六つも下だ。そんな厚顔なことは、とても言えない。

「アンタはいい歳をして、なにを恥ずかしがってんだい。互いに想《おも》い合ってんだから、べつにいいじゃないか」

お勝が苦い顔をして、煙管《きせる》に刻《きざ》みを詰めている。歳甲斐もなくとは言うが、歳を取ったからこそ、若いころにはなんでもなかったことが恥ずかしくなる。あるいはお妙があと十ほども若ければ、自信満々に「私の」と言い放てたのかもしれない。

「うちの人から聞きましたえ。林様からの言い入れ（求婚）を、断らはったたって。今日はそこのところをしっかり聞こうと思て、来てますからね」

そう言って、膝《ひざ》を進めてくるのはお志乃だ。供としてついてきた女中のおつなまでが、うんうんと力強く頷いている。

夕七つ（午後四時）過ぎ。お志乃が駕籠《かご》に揺られて現れるやいなや、小上がりで車座になって、この有様だ。まだ茶の一杯も出していないのに、女たちが詰め寄ってくるので、とてもじゃないがもてなしの用意ができない。

「あの、そんなことよりお料理を」

「『そんなこと』やあらしまへん。急がんと、熊吉ちゃんが戻ってきてしまいますえ」

お花がそろそろ帰ると言うので、熊吉に送らせた。せめて子供の目があれば、お志乃もこれほどあけすけに迫ってはこないだろうに。子供たちを外に遣《や》ってしまったことが、今さらながら悔やまれる。

お志乃は今日、息子の千寿《せんじゅ》を伴ってはおらず、おかやはまだ言葉が分からぬほど小さい。女ばかりの集まりで、問い詰めの手が緩められることはない。

「うちの人も気にしてましたわ。周りが騒ぎすぎたせいやないかって。ほら、先走ってお酒を届けてしまいましたやろ」

「まさか。升川屋さんのせいじゃありませんよ」

たしかに想いが通じたと聞いてすぐに駆けつけ、浮かれ騒ぐものだから、「放っておいてください！」と言い渡しはした。だが、それが理由なわけがない。

「ほな、なんでですのん。あまりにも林様がお気の毒で、はじめて聞いたときには思わず問い返してしまいましたわ」

「そうだよ。お志乃ちゃん、もっと言ってやんな」

「駄目でしたってアタシに言いにきたときの林様、燃え尽《つ》きて灰になったような顔してたからね」

お志乃の問いに、おえんとお勝が揃って口を挟む。

只次郎はこの二人にも、お妙と夫婦《めおと》になるつもりがあると伝えていたらしい。その義理で言い入れが不首尾に終わったことまで告《つ》げたから、またもやこんなに広まってしまったというわけだ。

「せっかく、武士の身分を捨てる覚悟までしてくれたのにさ」

「そうだよぉ。菱屋のご隠居さんが、媒酌《ばいしゃく》を務《つと》めるって話にもなってたんだよ」

当人のいないところで、ずいぶん盛り上がってくれたものだ。

どんなに責められても、お妙は頑《かたく》なに首を振る。

「でも私、そんなことをしてほしいなんて言っていないわ」

一緒になってくれと請《こ》われ、本当は、涙が出そうなほど嬉《うれ》しかった。そこまで想ってくれただけで、もう充分だと思った。

身分を捨てるということは、これまでの人生を捨てるということだ。歳若い只次郎には、それがどういうことだか分かっていない。

「舞い上がっているうちはまだいいわ。でもこの先五年、十年と経《た》ってから、捨てた物の大きさに気づいても遅いのよ。きっと、後悔する」

「いいじゃないか。後悔だって、あの人のもんさ」

「ようするに、荷が重いのよ」

只次郎は武士としての特権も、家族や友人との繋《つな》がりも、なにもかもを失うのだ。それに見合うものを、与えてやれる気がしない。差し出された瑪瑙《めのう》の簪《かんざし》を見て、お妙が思い浮かべたのは、鶯《うぐいす》のほうのメノウだった。

飼い鶯は子を生《な》すことが難しいと言われていたのに、ルリオの後継問題に悩む只次郎をアッと驚かせた、奇跡の鶯。自分はあの小さな鳥ほども、彼の役には立てないだろう。

「びっくりした」と、おえんが肉に埋もれがちな目をぱちくりさせる。厚みのある手が、お妙の膝にそっと置かれた。

「お妙ちゃんって、アタシが思ってたよりずっと、お侍さんのことが好きだったんだね」

「そりゃあ、そうとう好いてなきゃ、あの八艘跳《はっそうと》びはできなかろうさ」

「お妙はんってば、もう」

お志乃にもきゅっと肩を抱かれ、堪《こら》えていた涙がこぼれる。只次郎を好いているからこそ、多くは望まないと決めたはずだった。それなのに、心は切なく震える。どうして世の中には、気持ちだけではどうにもならぬことがあるのだろう。

「あの、僭越《せんえつ》ながら」

それまでじっと黙って話を聞いていたおつなが顔を上げた。江戸にも升川屋にも慣れて、すっかり肚が据《す》わった面《つら》つきになっている。

「お妙はんと林様はもう少し、お互いの心の内を話し合ったほうがええのと違いますやろか」

「ほんまや」

お志乃の手に、さらに力が込められる。

「そうだよ！」と、おえんも鼻先を寄せてきた。

「今のままじゃ、お侍さんがただふられただけじゃないか」

「それどころか、なんや弄《もてあそ》ばれたみたいになってますえ」

「まさか。私はそんなつもりじゃ」

たしかに只次郎の身になって考えてみれば、一夜だけ体を許されて、勝手に舞い上がるなと釘《くぎ》を刺されたようなもの。ずいぶん性質《たち》の悪い女である。

「いやだ、どうしよう」

只次郎の将来を思うあまり、自分の振舞いが相手からどう見えるかなど考えてもみなかった。すでに嫌われたのではないかと、気もそぞろになる。近ごろ只次郎は、お花とお槇にばかり構っている。

「ほんに、このお人は。うちとだんさんが揉《も》めるたびに、よう話し合えと言うてきたんはお妙はんどすえ」

お志乃の落とした溜《た》め息《いき》が、密着した体越しに伝わってきた。あまりの情けなさに、お妙は両手に顔を埋《うず》める。

「すみません、私ったら。人のことなら本当に、なんとでも言える」

升川屋とお志乃の間に悶着《もんちゃく》がある度《たび》に、お互いの言葉が足《た》りていないだけなのに、なぜ気づかないのだろうと思っていた。よくもまぁ簡単に、話し合えなどと言えたものだ。いざ自分がそうなってみると、手も足も出せなくなってしまう。

「悩みってのはそういうもんさ。目の前にあると、やけに大きく見えちまう。だからこうやって、どうすりゃいいかと人に頼るんだよ」

お勝をはじめ、これまでも人にはずいぶん助けられてきた。だがこんなふうに、心を丸裸《まるはだか》にされた気持ちになるのははじめてだ。

「恥ずかしくて、顔を上げられそうにありません」

羞恥《しゅうち》のあまり身悶《みもだ》えるお妙を見て、女たちが声を揃えて笑った。

「可愛《かわい》いなぁ、お妙ちゃんは」

「ほんに。お妙はんの、こないな姿が見られる日が来るとは思いまへんでしたわ」

おえんとお志乃に両側から、ぎゅうぎゅうと抱きしめられる。二人の体の柔らかさと、甘酸っぱい汗のにおいが心地よい。

「仲がよろしいこって」

お勝がふうっと、煙草《たばこ》の煙を吐き出した。

「恋だねぇ」

「恋ですわぁ」

「ちょっと、やめてください」

耳元で囁《ささや》かれ、くすぐったくて身をよじる。なにが面白いのか、おえんとお志乃がキャッキャッとはしゃいだ声を上げた。

「お妙さん、ただ今帰ったよぉ」

滑《すべ》りのいい表戸が開く。入ってきたのは熊吉だ。小上がりでひと塊《かたまり》になっている女たちを見て、「げっ！」と仰天《ぎょうてん》する。

「どうしちまったんだよ。こんなに暑いのに、犬の子みたいに寄り合っちゃってさ！」

たしかに暑い。特におえんの体は、人の倍ほども熱い。

いったい自分たちはなにをやっているのだろうと思うと可笑《おか》しくて、お妙もついに、笑いながら顔を上げた。


気を取り直し、お志乃の前に折敷《おしき》を置く。谷中生姜《やなかしょうが》の味噌《みそ》漬け、茄子《なす》と茗荷《みょうが》の山椒《さんしょう》漬け、叩《たた》いた梅干しと鰹節《かつおぶし》で木耳《きくらげ》を和《あ》えた梅が香《か》、胡瓜《きゅうり》と若布《わかめ》の酢の物などを、少しずつ小鉢に取って並べたものである。

「なんだか悪いねぇ。アタシまでご相伴《しょうばん》に与《あずか》っちゃって」

口ではそう言いながら、おえんは悪びれもせず小上がりでおかやに乳をやっている。おつなが床几に移ってしまったから、一人で食べるのも味気なかろうと、お志乃と一緒に食べてもらうことにした。

「ああ、小そうて可愛らしなぁ。千寿もこんなんやったのに、あっという間に大きゅうなってしもうて」

必死に乳房《ちぶさ》に吸いつくおかやを見て、お志乃がうっとりと目を細める。おえんの子に、やっと会えたと喜んでいる。

「ありがとうね。お祝いに、綿紗《めんしゃ》の産着《うぶぎ》を贈ってくれて。アタシ、お志乃ちゃんのときなにもしてないのにさ」

「ええの、ええの。うちが贈りたかったんやから」

お志乃が千寿を産んだころ、おえんはなかなか子が授からなくて悩んでいた。幸せそうなお志乃の顔を、しばらくは見たくないとも言っていた。

きっとお志乃も、そんなことは分かっている。女同士の交友はその時々の立場によって形を変えてゆくが、途切れさせることさえなければ、またいつか笑い合えるのだ。

「新しい『ぜんや』にも、ホンマはもっと早《は》よう来たかったんえ。せやのにうちの人ったら、ちぃとも気が利かんで、やっと今日どすわ。今さらやけどもお妙はん、あらためておめでとうございます」

「こちらこそ、お志乃さんにはお世話になって。こうしてお招きできたこと、嬉しく思います」

火事で焼けてしまった『ぜんや』を再興できたのは、馴染《なじ》みの旦那衆が金子《きんす》を出し合ってくれたから。でもそれより前に、背中を押してくれたのがお志乃である。「お妙はんには『ぜんや』が必要や」と言ってくれなければ、店を諦《あきら》めていたかもしれない。

だから新しい店が落ち着いたら、必ずお志乃を招きたいと思っていた。それがようやく、叶《かな》ったわけだ。

「でも、本当にいいんですか。一応お口直しになりそうなものは、そちらにご用意しましたが」

「へぇ。よろしゅうお頼《たの》申します」

お志乃は畳にそっと手をつき、お妙を真《ま》っ直《す》ぐに見つめてくる。真一文字に結ばれた唇には、意志の強さが表れている。

「どうかうちに、納豆の美味《おい》しさを教えてくださいませ！」

三

『ぜんや』の再興が成ったお礼に、立役者の一人であるお志乃には、どんな料理でも振る舞うつもりでいた。しかしお志乃が寄越《よこ》してきた手紙には、どうか納豆嫌いを治してほしいとしたためられていた。

実家は灘《なだ》の造り酒屋。納豆を食べた者が取り扱うと酒の味が変わると言われており、家の者は誰も口にしない。もちろんお志乃も升川屋に嫁《とつ》ぐまでは、間近に見ることさえなかったらしい。

江戸っ子は、納豆が大好きだ。納豆汁で食すくらいが関の山の上方に対し、炊《た》きたての飯に載せて搔《か》き込む。納豆売りの声がせぬ朝はなく、子供のころからあたりまえのように親しんでいる。

「だんさんもお義母《かあ》はんも納豆が好物で、どうやら千寿も好きらしいんどす。うちだけが食べられへんでは、示しがつきまへんよって」

納豆に打ち勝って見せようと、お志乃が勇《いさ》ましげに拳《こぶし》を握る。実家からついてきた女中のおつなも苦手なようで、こちらは浮かぬ顔である。

「オイラ、納豆大好きだよ。あんな旨いもんが、なんで嫌なの？」

「アンタだって、蓮根《れんこん》嫌いだったじゃないか」

「今はもう食えるもんね！」

そうは言っても熊吉は、今でも大きめに切った蓮根が煮物に入っているとつかの間箸《はし》が止まる。なにも言わずに食べてはいるが、まだ苦手を引きずっているのだろう。ただし、お妙の作る蓮餅《はすもち》は大好物だ。

「熊吉ちゃんも、お妙はんの料理のおかげで蓮根が食べられるようになりましたやろ。せやからうちも、でける気がしますの！」

「べつに、そんな無理をしなくてもいいと思うけどねぇ」

おえんが乳を飲み終えたおかやを畳に座らせる。お座りがずいぶん上手《じょうず》になった。おかやは上機嫌《じょうきげん》で手を振っている。

「そうはゆうても、千寿には好き嫌いせんようにと教えてます。言うてることとやってることが違《ちご》たら、あきまへんやろ」

「真面目《まじめ》だねぇ」

子はよくも悪くも、親の背中を見て育つ。できることならば、手本となりたい。そう思い、自らを戒《いまし》めるのは悪いことではない。子と共に、親も育ってゆくのである。

「かしこまりました。では、納豆料理を出していきますね」

お志乃は酒を飲まないから、代わりに番茶を淹《い》れてやった。それからお勝と手分けをして、料理の皿を、お志乃、おえん、おつなの元に運んでゆく。

まずひと品目は、炒《いた》め茄子の叩き納豆和え。胡麻《ごま》油で炒めた茄子に粗《あら》く刻んだ納豆を載せ、下ろし生姜を盛ってみた。

「胡麻油と生姜の風味で、少しは食べやすくなるかと」

「わぁ、美味しそう！」

さっそく箸を取ったのは、おえんだ。お志乃とおつなは、料理を前にして固まっている。

「ううん。胡麻油を吸った茄子がとろとろで、ねっとりとした納豆も絡んで、こりゃあいいねぇ」

おえんが頬を押さえてうっとりしても、お志乃はまだ迷っていた。床几に座るおつなに目配せをして、覚悟を決めたように頷き合う。

茄子にたっぷりと納豆をまぶして、えいっとひと口。そのとたん、眉《まゆ》の剃《そ》り跡がなんとも言えぬ形に歪《ゆが》んだ。

「お口に合いませんでしたか」

「いいえ、そんなことは。せやけどやっぱり、納豆どすな」

必死に取り繕《つくろ》ってはいるが、ふた口目には手が伸びず、お志乃は谷中生姜を齧《かじ》っている。おつなもまた、口の中のものをどうにか飲み込んで、神妙に箸を置いた。

「分かんないねぇ。納豆の、なにがそんなにいけないのさ」

おえんは心底不思議そうだ。それなりに長いつき合いになるが、おえんが食べ物の好き嫌いを言うところを見たことがない。

「そうどすなぁ。やっぱりこのねばねばと、においどすな」

「だったら、あんまり混ぜないほうがいいのかもしれないね」

お勝の助言に、お妙は「そうですね」と頷いた。

納豆は、混ぜれば混ぜるほど糸を引く。蚕《かいこ》の繭《まゆ》くらい真っ白になればとろりとして美味しいのだが、苦手な人はそれが嫌なのだろう。

「なら次は、ほとんど混ぜず、油揚げに挟んでみましょう」

油揚げの中を開き、納豆を薄く詰めてゆく。それを網でカリッと焼いて、熱々のうちに醤油《しょうゆ》をじゅわっと回しかけた。一枚あたり四つに切って、小口切りの葱《ねぎ》を散らす。

「お妙さん、オイラにも作ってくれよ。腹が減ってきちまった」

香ばしいにおいに誘われて、熊吉の腹が切なく鳴る。見ているだけで食い気をそそるひと品である。

だがこれも、お志乃の箸は進まなかった。ふた切れ食べてくれただけでも上等か。申し訳なさそうに、梅が香の酸味で口を直している。

「すんまへん。だいぶ食べやすうなりましたけど、においが後を引きますな」

「やっぱり、においですか」

お妙もためしにひと切れ食べてみる。歯を立てて齧ったとたんに、独特の納豆臭がふわりと立ち昇ってきた。それが嚙《か》むごとに、濃くなってゆく。

「旨いんだけどなぁ」と、なぜか熊吉が残念そうだ。お志乃とおつなが食べきれなかった分まで、健《すこ》やかな食欲で片づける。まさに伸び盛りの男子である。

だが、肝心《かんじん》のお志乃が美味しいと言ってくれなければはじまらない。お妙は己の顎《あご》先《さき》に指を当てる。

「だったら、もう少し火を入れてみますか」

においが蒸気と共に飛べば、もっと食べやすくなるかもしれない。

そう思い、水切りしておいた豆腐《とうふ》を潰《つぶ》し、刻んだ紅生姜、片栗粉《かたくりこ》、そして納豆を混ぜ入れる。鉄鍋に胡麻油を熱し、それを薄い円状に広げてカリッと焼く。

「豆腐と納豆の、円盤焼きです」

そう名づけ、芥子《からし》と酢醤油を添えて出した。

「それ旨そうだね。アタシにも焼いとくれ」

ついにお勝まで辛抱《しんぼう》が利かなくなって、お妙以外の全員が円盤焼きにかぶりつく。

「うん、こりゃあいいや！」と、真っ先に声を上げたのは熊吉だ。

「外はカリカリで、中はふんわり。こんなのもう、おやつだね」

そう言っておえんが目を細め、「紅生姜が利いてんだよね」と、お勝も夢中になって食べている。

さてお志乃はと見れば、ふた口目、三口目と、食が進んでいる。

「ほんに、食べやすい。においもほとんど気になりまへんし、これなら全部食べられますわ。な、おつな」

「はい。焼いている最中は臭いと思うてましたが、食べてみたらそうでもありまへんな」

「よかったねぇ。納豆、食べられたじゃないか」

「ええ。さすがお妙はんやわ」

手放しに褒《ほ》めてくれるのは嬉しい。だが、まだだ。お志乃の口からもおつなの口からも、「美味しい」のひと言が出てこない。

苦手だったものを食べ進めることができたのだから、これでよしとしてもいいのだろう。だがお志乃はたしかに言ったのだ。「納豆の美味しさを教えてください」と。

それならば、もうひと声。粘《ねば》りとにおいを、さらに飛ばしてみてはどうか。

「ちょっと待ってください。もうひと品作ります」

お妙はそう言い残し、調理場に舞い戻る。少し、試してみたいことがあった。


よく熱した油に、かき揚《あ》げの要領でタネを落とす。しゅわっと小気味のいい音がして、周りに細かい泡が立つ。これをきつね色になるまで揚げてゆく。

その間にお妙は余っていた昆布出汁《こぶだし》を沸《わ》かし、醤油と味醂《みりん》で味を調《ととの》えた。大根を擂《す》り下ろしていた熊吉が、「できたよ」と持ってきてくれる。揚げ物が、ちょうどいい色に揚がったところだった。

油を切って皿に盛り、天つゆと大根下ろしを添える。見た目はまさに、かき揚げだ。

「お待たせしました。納豆の天麩羅《てんぷら》です」

「天麩羅？」

膝元に供された料理に、お志乃はつぶらな瞳《ひとみ》を見開いた。おえんまで、「へぇ」と身を乗り出している。

「こんなの、アタシもはじめてだよ」

なにも難しいことはない。納豆に葱と小麦粉、片栗粉を入れ、さっくりと混ぜたものを揚げただけだ。高温の油に潜《くぐ》らせれば、癖《くせ》のあるにおいは飛ぶはずだった。

馴染みのない料理だからか、皆なんとなく、誰かが食べるのを待っている。おつなどは顔にはっきりと、こんなものが本当に美味しいのかと書いてある。

「ほな、頂戴《ちょうだい》します」

お志乃が先陣を切る覚悟を固め、天麩羅にそろそろと箸を伸ばす。えいやとばかりに齧りつき、二度三度と咀嚼《そしゃく》して、「ん？」と頰を持ち上げた。

「なんやこれ、美味しい！」

よかった。やっと求めていた言葉が聞けた。

美味しいならお志乃に続けとばかりに、皆勇《いさ》んで箸を取る。

「ホントだ。粘りも臭みも気にならないね」

「オイラはねばねばも好きだけど、これはこれでいいな」

「うん。サクサクと軽くて、香ばしいねぇ」

最後におつながが、恐る恐る前歯の先で天麩羅をちょっと齧り、「これ、ホンマに納豆どすか？」と目を丸くした。

「なぁ、おつな。驚いたなぁ」

「はい。天つゆを使わんでも美味しいどす」

「これでちょっとずつ慣れてったら、納豆をそのままご飯に載せて食べられる日が来るかもしれへん」

「さぁそれは、自信がありまへんけども――」

微笑ましい主従のやり取りに、お妙はふふっと笑みを洩《も》らす。納豆の好き嫌いは、主に慣れだ。お妙も江戸に来たばかりのころは、納豆汁くらいしか受けつけなかった。それでも少しずつ飯に載せて食べるうちに、いつの間にか好きになっていた。

癖の強い食べ物は、そういうものだと舌が覚えてしまえばなんてことはない。

「ところでお妙ちゃん。今日ってもしかして、納豆料理だけなの？」

おえんが天麩羅と、口直し用の小鉢まですっかり平らげ、まだ物足《ものた》りなげに腹を撫でる。あくまでお志乃の相伴だということを、すっかり忘れてしまっている。

これにはお勝も呆れて肩をすくめた。

「アンタ、まだ食べる気かい」

「だって、これじゃまるで精進料理じゃないか。ただでさえ明日から三日の内は、生臭が食べらんないってのにさ」

言われてみれば、今のところ魚介はおろか、卵を使った料理も出していない。納豆づくしということで、頭の中が勝手に精進に傾いてしまったものか。

「それもそうですね」と、お妙は頷く。

「鰈の煮つけがありますから、出しましょう。ご飯も炊きはじめますね」

「やったぁ。そうこなくっちゃ！」

おえんがその場で躍《おど》り上がる。いつの間にか寝ていたおかやが、目を瞑《つむ》ったままびくりと身を震わせた。

「あと枝豆の擂り流しも、ぜひ召し上がってください」

擂り流しは枝豆を擂り潰し、昆布出汁で延ばした汁である。

「えっ、また買っちゃったの？」と言って、おえんは大仰《おおぎょう》に顔をしかめた。

四

そういえば、昼飯を食べにきた魚河岸の「マル」が言っていた。鰈という魚は目が片方に寄っているものだが、卵から孵《かえ》ったばかりのころは普通の魚のように目が離れていて、背鰭《せびれ》を上にして泳いでいるそうだ。

それが成長するにつれ目が寄ってゆき、平べったいあの姿になる。さすがの「マル」もそこまで小さい鰈を見たことはないらしいが、本当だとしたら不思議である。海底の砂に埋もれて暮らす鰈は、まるでそのために体の造りを変えられているかのようだ。普通の魚のように泳ぎたいと思っても、変化する体には逆《さか》らえない。

そんなとりとめもないことを考えながら、お妙は固く絞った雑巾《ぞうきん》で床几を拭《ふ》く。お志乃とおつな、おえんとおかやは、それぞれの家に帰ったばかり。熊吉も、奉公先の俵屋へ戻ってしまった。

暮れ六つ（午後六時）を過ぎあたりが薄暗くなったせいか、やけに寂寞《せきばく》とした気配である。行灯《あんどん》の火に自分自身の影も揺れ、それがたまに大きく見えて、驚かされる。

もうしばらくすると、只次郎が帰ってくる。お志乃たちの助言どおり話し合いをするのなら、さっそく今夜がいいだろうか。でもどう切り出したものかと、気が揉める。

「あ、いけない」

表に貸切の貼り紙を出したまま、忘れていた。草市に行きたいから、ちょうど客もいないことだし、これで終《しま》いにしてもいい。そんなことを考えていると、表の戸がほとほとと叩かれた。

「はい、ただいま」

お勝は裏で皿を洗っている。手にしていた雑巾を目立たぬ所に置いてから、お妙は戸を引き開けた。

まず目に入ったのは、籠《かご》いっぱいの枝豆だ。枝つきのものを、たっぷりと茹《ゆ》でてある。その籠を小脇《こわき》に抱えたお槇が、「おこんばんは」と笑いかけてきた。

また来たのか。内心のうんざりが、つい顔に出てしまう。

「いつも、うちの娘が世話になってすまないねぇ」

お槇はお妙の渋面《じゅうめん》すら楽しむように、へらへらと笑い続けていた。


「お槇さんが、来たんですね」

早いうちに店を閉め、お勝にも盂蘭盆の準備があるだろうと言って帰してから、しばらくして只次郎が帰宅した。まず先に『春告堂』の鶯たちの様子を見てきたらしく、勝手口から入ってくる。

さっそく見世《みせ》棚《だな》の上に置かれた枝豆の束《たば》に気づき、「迷惑をかけてすみません」と謝った。

お花の後をつけでもしたのか、お槇が『ぜんや』の戸口に現れたのは、七日前の夕刻だった。なんの用かと思えば、娘が世話になっている礼に「枝豆を買わせてやる」

と言うではないか。

「このくらいの量、居酒屋ならすぐ捌《さば》けちまうだろ。娘は今、暗い部屋に一人なんだ。姉さんが全部買ってくれりゃ、アタシは真っ直ぐ帰れるってわけさ」

つまり自分の娘を盾《たて》に取って、赤の他人に強請《ゆす》りまがいのことをしているのだ。道理は少しも通っていない。どういう人生をたどればそんな考えが浮かぶのか、お妙にはさっぱり分からなかった。

お槇はまた、こうも言った。

「姉さんがあの子にたらふく食わせてくれるから、アタシが食わせてやらなくてすんで助かるよ」

お花に食べさせているといっても、しょせん一食だ。育ち盛りの子に、それではとても足りるまい。お妙はしかたなく、お槇に銭を握らせた。

「その枝豆、すべて買いますから。どうかお花ちゃんに、夕餉《ゆうげ》を食べさせてやってください」

あの金が、本当にお花の血肉になっているのかどうか分からない。それでも暮らしの足しになるのならばと与えてしまった。以来、お槇は味を占めて毎晩のように顔を見せにくる。

「枝豆の代金、いくらでしたか」

只次郎が懐《ふところ》から、財布を取り出す。お妙はすでに水が切れている皿を拭きながら、

「いりません」と首を振る。

「そういうわけには」

「これは店の仕入れです。だから、いりません」

本当は毎日買わされる枝豆を持て余しているのだが、申し出を突っぱねた。只次郎は枝豆の代金も、お花が飲み食いした分も、すべて自分で払おうとする。まるであの母娘《おやこ》の面倒を、一手に引き受けているかのように。

「本当に、すみません。もう少し暮らし向きがよくなれば、お槇さんも落ち着くと思うんですが」

「あの人たちのために、林様が謝ることなどないでしょう」

思いのほか、強い口調になってしまった。只次郎がそうやって構ってやるものだから、お槇はすっかり図に乗っている。

「お槇さん、今さら料理茶屋の仲居なんかやれないって言っていましたよ」

只次郎が伝手《つて》を頼って、紹介してやろうとした仕事だ。話を持って行ったときには
「嬉しい。ありがたい」と涙を流して喜んだらしいが、お妙にははっきりとそう言っ

た。

「料理茶屋の重たいお膳《ぜん》は、この痩《や》せた腕じゃ運べないって」

お槇の涙が偽物《にせもの》だということには気づいていたのだろう。只次郎は疲れたように、腹の底から息を吐く。

「そうですか。ならもっと軽い仕事を――」

「林様のお妾《めかけ》なら、なってやってもいいそうです」

そう聞かされても只次郎は驚かず、やれやれとこめかみを揉んだ。おそらく、直《じか》に言い寄られてもいるのだろう。荒れた暮らしで老《ふ》けてはいるが、お槇はああ見えてお妙より若い。

「お槇さんに、どうしてそこまでしてやらなきゃいけないんです。あの人、真面目に働く気なんてありませんよ」

お志乃のように子の手本となれるよう努《つと》める親もいれば、ただ子を作っただけのろくでなしもいる。お槇には、娘のために這《は》い上がろうという気はさらさらない。体を平べったく作り変えてしまう鰈のように、荒《すさ》んだ生きかたに順応してしまったのだ。

「でもお槇さんが改心してくれないと、お花ちゃんを救えませんから」

そしてまたお花も、這い上がる術《すべ》をお槇から学べない。読み書きができず、算術も習ってはいないだろう。あと五年もすれば母に倣《なら》い、辻《つじ》で客を取っているのかもしれない。

「そりゃあ私だって、お花ちゃんは助けたいですよ。ですがお槇さんを、今さらどう変えられるっていうんです」

皿を次々と拭いていたら、もう拭くものがなくなった。お妙は布巾《ふきん》を見世棚に放り出す。

「それとも、お槇さんと一緒になりますか。お花ちゃんは、そうしてほしいみたいですよ」

胸の中が、いがいがする。子はどうしたって、親の都合に振り回される。捨てられたり売られたりしていないだけましなのかもしれないが、それを是《ぜ》とはしたくない。

「お妙さん」

只次郎に手首を取られ、とっさに振り払った。無性に腹が立っていた。

それでも只次郎は、首を傾げて顔を覗き込んでくる。なぜか、優しげに笑っている。

「そんなふうに悋気《りんき》を起こすくらいなら、私と夫婦になってくれませんかね」

「悋気?」と呟《つぶや》き、お妙は息を呑んだ。

じわじわと、首元が熱くなる。そうだ、このどうしようもない苛立《いらだ》ちは、悋気と名づけるのが一番しっくりくる。

「ちょっと、待ってください」

「ええ。いくらでも待ちますよ」

おえんのことを悋気が強いと、呆れていたのはどこの誰だ。只次郎が、他の女に優しくするのが気に食わない。そんな身勝手な思いから、自分はお槇を嫌っている。どうしてこんなにも、愚《おろ》かなのか。只次郎を好いていると認めてから、どんどん愚かになってゆく。

いたたまれなくて、お妙は頭を抱え込んだ。

「もう、消えてしまいたい」

「それは困りますね」

悠然と微笑む只次郎が、憎たらしい。どこか嬉しそうでもあって、そこが愛《いと》おしい。心にいろんな色が入り込んでくるから、お妙はますます落ち着かない。

「ひとまず、外を歩きますか」

そう言って只次郎は勝手口まで行き、畳んでおいた提灯《ちょうちん》を取り上げる。それから誘うように、こちらを振り返った。

「草市に行くんでしょう?」

そうだ。精霊棚の供え物や飾り物を、買いに行かなければいけない。

「でも林様、お召し物が」

今の只次郎は職人風の「只さん」ではなく、二本差しの武士の拵《こしら》えだ。お妙と共に歩くには、物々しい。

「後ろをついて行きますから、前を歩いてください」

二丁の提灯に火を入れて、片方を差し出してくる。お妙はおずおずと只次郎に近づき、それを受け取った。

日が暮れて、往来《おうらい》にはいい風が吹いている。

家々の軒下に吊《つ》るされた盆提灯がふわりふわりと揺れ、まるで自分たちのほうが魂の世界に迷い込んでしまったような心地がする。昼間はまだうんざりするほど暑いのに、そこかしこから秋の虫が、澄《す》んだ声音を響かせていた。

ここから一番近い草市は、下谷広小路で開かれる。人々の手の先で揺れる提灯も、魂のようにふわふわと、一本道に集まってくる。

背後を振り返れば只次郎が、やや間を空《あ》けてついて来ている。薄暗くて表情までは見えないが、微笑んだのが気配で分かった。後ろ姿を見られていると思うと、なんとなく気が張った。

先へ進むと道幅が広くなり、露店がぽつぽつと姿を見せる。仏壇の漆器類を商《あきな》う店には、早くも人だかりができている。

夜通し行われる市である。籬、菰、竹、苧殻《おがら》、粟《あわ》の穂、酸漿《ほおずき》、青柿《あおがき》、青栗、禊萩《みそはぎ》、蓮の葉、蓮華《れんげ》、鶏頭《けいとう》、菰造りの牛馬、盂蘭盆会に入り用のものはとにかくなんでも売っていて、人の賑《にぎ》わいも甚《はなは》だしい。

提灯や行灯に照らし出される品物の数々は、いやに毒々しく見えて、店の者が皆狐《こ》狸《り》の類《たぐい》でもおかしくはないという気にさせる。お妙はひとまず、赤い酸漿を手に取った。

「あっ」

隣の人と肩が触れ、よろめいたところへ、腰を支える手が伸びてくる。只次郎が、すぐ後ろまで来ていた。

「すみません。人が多いので」

周りに押され、間が詰まってしまったのだろう。危ないからと手にしていた提灯の火を落とし、お妙の耳元に頬を寄せてくる。

「可愛いですね、酸漿」

「ええ、そうですね」

周りの客は皆忙《せわ》しなく、寄り添う二人に誰も注意を払わない。夢と現《うつつ》の境目《さかいめ》が曖昧《あいまい》な夜の底で、あっちへこっちへと泳ぎ回っている。

きっと自分の頰は今、この酸漿のように赤いのだろう。

只次郎の手が置かれたままの、腰回りがじわりと汗ばんでくる。

べつに夫婦になど、なれなくてもいい。ただこの夜が終わらなければいいのにと、お妙は埒《らち》もないことを願った。

# 棘の尾

一

表の賑《にぎ》わいにつられ、窓の障子《しょうじ》を薄く開けてみる。

両国広小路を、上から眺めるのははじめてのことだ。見世物小屋に芝居《しばい》小屋、葦簾《よしず》張りの小見世《こみせ》などが建ち並び、日が傾きかけても人出が衰《おとろ》える気配はない。いずれの小屋からか微《かす》かに流れてくる常磐津《ときわず》三味線《しゃみせん》の音が、耳を楽しませてくれる。

四畳半の、狭い部屋だ。窓に寄りかかるようにして座っていたら、背後の襖《ふすま》がすっと開いた。

縞《しま》の着物に市松《いちまつ》模様の前掛けを締めた娘が、酒と酒肴《しゅこう》を運んできたのだ。恥じらうような微笑《ほほえ》みを浮かべ、只次郎の傍《かたわ》らに膝《ひざ》をつく。

折敷《おしき》に盛られているのは、蒲鉾《かまぼこ》、きんとん、それから煮豆。「どうぞ」と盃《さかずき》を手渡され、娘がしなだれかかるようにして銚子《ちょうし》の酒を注《つ》ごうとする。

「いいえ、それには及びません」

只次郎は、軽く身を引いた。畳《たたみ》に酒が、二、三滴。娘がきょとんと目を瞬《しばたた》く。

「もう、下がっていただいて結構ですよ」

心づけとして、幾ばくかの銭を懐紙に包む。娘は「はぁ」と首を傾《かし》げたが、もらえるものならばと、素直にそれを懐《ふところ》に仕舞った。

只次郎は娘が出てゆくのを、手酌《てじゃく》で見守る。ためしに煮豆をつまんでみたが、水っぽくていまひとつの味だった。

早く帰って、『ぜんや』で口直しをしたいものだ。今日の献立《こんだて》はなんだろうと想《おも》いを巡らせていると、廊下から客を案内する店の者の声が聞こえた。

障子窓を閉めて、只次郎は居住まいを正す。襖を開き、顔を覗《のぞ》かせた相手は、こちらを見てさっそく渋面《じゅうめん》を作った。

「嫌だねぇ、こんな所に呼び出しやがって。お前さんには、会いたくねぇんだがなぁ」

文句を言いつつ長刀を傍らに置き、入り口近くにどかりと座る。細身の着流し姿が少しもそれらしくはない、吟味方《ぎんみかた》与力の柳井《やない》殿だ。

「なんです、まだお栄を奥に上げたことを怒ってるんですか」

「ああ、怒っておりますとも。これに関しちゃ一生言い続けてやると決めてんだ」

柳井殿の孫で、只次郎にとっては姪《めい》のお栄は、まだ九つながら部屋子《へやご》として大奥に勤めている。お蔭《かげ》で可愛《かわい》い孫娘に会えなくなり、柳井殿はその手筈《てはず》を整えた只次郎を恨んでいた。

「お栄が望んだことです。たまに届く手紙を見るかぎり、楽しそうですよ」

「だがまだ子供だ。親元でぬくぬくと過ごすべきところを、女狐《めぎつね》の巣窟《そうくつ》に放《ほう》り込みやがって」

そうはいっても町人の子ならば、十歳前後で奉公に出るのがあたりまえ。親の優しい傘《かさ》の下から離れ、世間の荒波へと漕《こ》ぎ出してゆく。それを考えればお栄の親離れが特別早いわけではない。

「諦《あきら》めてください」

もう済んだこと。只次郎が言外にそう匂《にお》わせると、柳井殿は盛大に舌打ちをした。

「いま少し、こちらへ」

空の盃を差し出しても、酒を注ぐには、いささか遠い。よくもまぁ狭い部屋で、距離を保っていられるものだ。手招きをしても、柳井殿はそっぽを向いている。

「嫌だね。なにが悲しゅうてこんな店で、お前さんと膝突き合わせなきゃならねぇんだ」

ここは水茶屋の二階。先ほど出て行った娘は茶汲女《ちゃくみおんな》だ。つまり、女に客を取らせる店である。

まだ日も暮れていないのに、隣の部屋からはなにやら色っぽい声が聞こえてくる。

そんな所に、男が二人だ。冴《さ》えないなんてものじゃない。

「すまぬ、待たせたか」

そこへまた、襖が開いて浪人風の男が一人。

冴えなさが、増してしまった。

後から来た男は草間重蔵《くさまじゅうぞう》。今は材木問屋近江屋《おうみや》の、用心棒を務めている。

「近江屋さんは？」と尋《たず》ねると、「得意客への接待」とのこと。少なくともその間は、重蔵が傍《そば》にいなくても気づかれはしないだろう。

「こういう所は、どうも慣れぬな」

きょろきょろと周りを見回して、重蔵は身を硬くして座る。しかたなく柳井殿も、膝でにじり寄ってきた。

二人をこの店に呼び出した只次郎だって、べつに馴染《なじ》みがあるわけではない。商《あきな》い指南で使ったことがあるだけだ。店のやり方を変えんとしていることを、大旦那《おおだんな》には知られたくないという客が指定してきた。こういう使いかたもあるのかと、感心したものである。

葉月《はづき》五日。秋といえど窮屈《きゅうくつ》な部屋に男三人が集まれば、じっとりと蒸す。水増しをしているらしい薄い酒が、かえって喉《のど》の渇きを癒《いや》してくれる。

しばらくは黙って酒を飲み、ささやかな酒肴をつまんだ。薩摩芋《さつまいも》のきんとんも、べちゃべちゃとして旨《うま》くはない。我ながら、舌が肥《こ》えてしまったものだと思う。

「さて、こんな所でのんびりしている場合じゃねぇ。さっさと済ませちまおう」

どう切り出したものかと迷っていたら、柳井殿がポンと手を一つ、打ち鳴らした。

それを機に、重蔵も頷《うなず》く。

「そうだな。まずは、そこもとの話を詳しく聞かせてもらいたい」

手紙に書ける話ではないから、要点はぼかしたまま、二人に頼み事をしていた。そろそろすべてを、打ち明けねばならぬ頃合《ころあ》いだ。

「実はこのところ、私はルリオ調の鶯《うぐいす》を捜していたんですよ」

手酌で盃に酒を満たし、只次郎は語りはじめる。

鶯の糞買《ふんが》いであった又三殺しを指図した、前小十人頭《こじゅうにんがしら》の佐々木《さき》様。その人に頼まれて養育したルリオ調の鶯が二羽、行方《ゆくえ》不明になっていたこと。そのうち一羽がなんと大奥の、慈徳院《じとくいん》様の御部屋で鳴いているらしいこと。ならばもう一羽はどこに献上《けんじょう》されたかと、鶯指南のふりをして捜し回っていたこと。

「慈徳院様とは？」と、政《まつりごと》からは遠い重蔵が尋ねる。

「今の公方《くぼう》様の母君だ」柳井殿が、短く応《こた》えた。

なにしろ江戸市中でも評判の、ルリオ調の鶯だ。佐々木様はきっと、己の助命嘆願《たんがん》のために使ったはず。その相手はお妙を苦しめてきた一連の騒動の、黒幕であるかもしれなかった。

そこまで語って只次郎はいったん言葉を区切り、薄い酒で唇《くちびる》を潤《うるお》した。それからさらに、声をひそめる。

「私はついにその黒幕に、行き当たったのかもしれません」

二

この春から夏にかけて草履《ぞうり》の底をすり減らし、細い伝手《つて》を頼りに頼った鶯捜し。秋がきて鶯が本鳴きをやめてしまうと、それ以上は辿《たど》れない。もう時がないと焦っていたところに、知り合ったのが下谷山崎町に住む、鶯の糞買いの源さんだった。

同業のよしみか、亡き又三とも懇意《こんい》であったという。酒と飯さえ奢《おご》ってやれば、源さんの舌はいくらでも滑《なめ》らかになった。激しい競争を嫌ってか、その得意先は江戸の外れが多かった。

「ですがちょっと、鶯指南として入り込むには難しい所もありましてね」

どうやっても、伝手など辿れない場所だ。只次郎は商いの下見だと源さんを言いくるめ、共に鶯の糞買いとして潜《もぐ》り込むことにした。

「なんと！」と、重蔵が鋭い眼差《まなざ》しを丸くする。

「町人拵《ごしらえ》で出歩いちゃいると聞いていたが、そこまで身を落とすとはなぁ」

柳井殿も、呆《あき》れ返って苦く笑った。

源さんに倣《なら》って継《つ》ぎ接《は》ぎだらけの襤褸《ぼろ》に身をやつしても、あまりそれらしくはならなかった。頰《ほ》っ被《かむ》りをして、どうすれば自然に見えるだろうかと着物を着崩したり背中を丸めてみたりしていたら、熊吉に「なにやってんだよ」と見咎《みとが》められてしまった。

あの奇行はすでに、お妙にも伝わっているだろう。近ごろのお妙はなにか問いたげな目をしつつ、口をつぐむことがある。只次郎がそうさせているのだろうが、まだすべてを打ち明ける頃合いではないと、気づかぬふりで通している。

だがそろそろ、化《ば》けの皮が剝《は》がれてしまいそうだ。

「では糞買いのふりをして潜り込んだ先で、ついに鶯を見つけたのだな」

どんどん口が重くなってゆく只次郎に、重蔵が先を促してくる。

只次郎は口元を歪《ゆが》め、「ええ」と頷いた。

先月の、盆入り前のことである。只次郎は源さんに伴われ、ある屋敷へと向かった。鉄砲衆の住む大久保百人町《おおくぼひやくにんちょう》や番士が住まう番衆町《ばんしゆうちょう》を抜け、すぐ目の前には東大久保村の田畑が広がっている。そんな長閑《のどか》な一角に、広大な屋敷が建っていた。

庭には富士《ふじ》を模した築山《つきやま》があり、塀越しにも望めるほどの高さだった。源さんと共に裏門から入れてもらった只次郎は、まずその富士の威容に圧倒された。屋敷に勤める下男までが、「なかなかのものでしょう」と誇らしげであった。

屋敷には、鶯の世話をする係の者がいた。今の公方様も鶯を愛し、小納戸《こなんど》役に御鳥《おとり》掛《がかり》を置いているという。つまりは鳥の養育のためだけに、人を雇《やと》えるほどの人物だ。

鶯は、三羽いた。ちょうど世話係が水浴用の籠《かご》を出し、庭で水浴びをさせているところだった。

「どうも、いつもお世話様で」

源さんが頭の手拭《てぬぐ》いを取って腰を低くすると、世話係は心得顔で頷いた。「ちょっと見ていてください」と言って、掻《か》き集めておいた糞を取りにいったん下がる。鶯の糞を売った金は、どうやら世話係の小遣いになるらしかった。

鶯たちはそれぞれ簡素な竹の籠に入れられて、黒い目をくりくりと動かしていた。よく見れば見た目は少しずつ違うが、見分けがつくほどの差ではない。声を聞かせてくれなければ、はじまらない。

まだ本鳴きが終わっていなければいいが。只次郎は祈る思いで鶯たちを見つめた。

やがて一羽が羽を震わせたかと思うと、嘴《くちばし》を大きく開けてひと鳴き。つられたように、もう一羽もすぐさま鳴いた。

どちらもなかなかいい喉だ。しかし、ルリオ調ではない。

さて、残りの一羽はどうだろう。だがこいつが、なかなか鳴かない。暢気《のんき》な性質《たち》なのか、我関せずとばかりに羽繕《はづくろ》いなどしている。

そうこうするうちに、世話係が戻って来た。目の前で源さんと、銭の受け渡しをしている。

「毎度あり」と頭を下げる源さんに合わせて腰を折りながら、只次郎は祈った。

鳴いてくれ。

しかし鶯は、いっこうに鳴く気配がない。

すでに本鳴きをやめてしまったか。とすれば、季節の巡りを待つ以外に術《すべ》はない。

諦めきれぬ思いはあれど、用を終えてしまったからには長居はできない。それでも最後の悪あがきで、只次郎は袖《そで》の中に手を引っ込めて懐をまさぐる。

「あぁっ！」

多少わざとらしくはあったが、そう叫んで懐の銭をばら撒《ま》いた。

「すまねぇ、財布の口が開いてやがった」

慌てて地面に這《は》いつくばり、散らばった銭を拾い集める。

「こりゃ大変だ」と源さんばかりか世話係まで腰をかがめ、拾うついでに二、三枚懐へ入れたようである。

「ほらよ」

「ああ、助かった。ありがとうございます」

何食わぬ顔で手を差し出してきた源さんたちから、銭を受け取る。

そのときだった。最後の一羽の鶯が、なんの前触れもなく喉を開いた。

「ホー、ホケキョ！」

幽玄の淵《ふち》を覗いた気にさせられる、その鳴き声。

只次郎が聞き間違えるはずがない。紛《まぎ》れもなく、ルリオ調の鶯だった。

盆を過ぎると、只次郎の飼い鶯であるルリオとハリオも本鳴きをやめた。

いま少し動きが鈍《にぶ》ければ、ルリオ調の鶯を見つけ損なっていたかもしれない。ぎりぎりで、機を逃さずに済んだ。

だが本当に、見つけてしまってよかったのか。ここ半月ほど、只次郎は自問し続けている。

「して、そのお屋敷とは？」

重蔵が、心持ち膝を詰めてくる。柳井殿が難しい顔をしているのは、だいたいの見当がついたからだろう。東大久保の、庭に富士塚のある屋敷。そう言われれば、只次郎だってピンとくる。

「一橋《ひとつばし》様の、下屋敷です」

吐く息の音に乗せて、そう告《つ》げた。

重蔵の喉が、ごくりと鳴る。柳井殿が額に手を遣《や》った。

「御三卿《ごさんきよう》か」

八代将軍吉宗《よしむね》公、九代家重《いえしげ》公によって設《もう》けられた、田安《たやす》、一橋、清水《しみず》の三家だ。将軍家に後嗣《こうし》のないときは、いずれかの家から後継《あとつぎ》を出すものと定められている。

一橋家の現当主は、吉宗公の孫にあたる徳川民部卿治済《とくがわみんぶきようはるさだ》。今の公方様の、父君である。

「慈徳院様は、民部卿のご側室だ」

いまひとつ事態が飲み込めていないらしい重蔵に、柳井殿が耳打ちをする。只次郎はそこへさらに、言葉を足《た》した。

「そして慈徳院様の父君が、岩本内膳正《いわもとないぜんのかみ》様です」

「ああ」と、重蔵が得心したように頷く。頭の中の点と点が、ようやく繋《つな》がったものと見える。

「それゆえに林殿は、拙者《せっしゃ》に近江屋の帳簿を探るよう言ったのだな」

「見つかったんですね」

念のため重蔵には、近江屋の裏帳簿を調べてみてくれと頼んであった。お妙の良人《おっと》善助は、二十年ほど前の近江屋の裏帳簿を持っていたせいで殺された。ならば今現在も、人前には出せぬ帳簿があるはずと踏んだのだ。

近江屋にぴったりと張りついている重蔵なら、きっと探ることができる。岩本内膳正の名を聞いて、頷いたのがなによりの証《あかし》。裏帳簿に、その名を見つけたに違いない。

「持ち出すことも書き写すこともままならぬから、頭の中にしかと入れた。近江屋は方々に金を撒いてはいるが、その額が桁外《けたはず》れに大きいのが岩本内膳正だった」

やはり。見当はつけていたが、只次郎はゆっくりと息を吐き出す。額《ひたい》に嫌な汗をかいている。

「近江屋さんはたしか、日光東照宮《にっこうとうしょうぐう》修築に関《かか》わったことで、店をあそこまで大きくしたんですよね」

「ああ」と、今度は柳井殿が頷いた。

「お前さんに言われて調べてみた。元々の近江屋は、なんてことはない材木屋だ。日光修築にひと噛《か》みするために、よっぽど餌《えさ》を撒いたと見える。岩本内膳正はその当時、小普請奉行《こぶしんぶぎょう》だった」

小普請奉行は江戸府内の社寺や諸屋敷、それから千代田《ちよだ》城の修理を差配する役職である。日光修築には関わらずとも、口を利《き》いてやることはできる。

「元々抜け目のない御仁のようだが、娘が民部卿に見初《みそ》められ、子まで生《な》した。欲の皮は、どんどん突っ張っていっただろうよ。ただでさえ、小普請奉行は賄賂《まいない》の多い役職だ。来るものは拒《こば》まずで、肥え太っていったんだろう」

考えれば考えるほど、頭が重くなってくる。御孫家斉《いえなり》公が将軍として立ってから、早くも七年。内膳正の今の役職は、旗本役の最高である御留守居《おるすい》役。出自が許すかぎりの頂点まで、登り詰めたと言っていい。

一方の民部卿も、将軍実父として権勢を誇り、幕政に影響を及ぼしていると聞く。

将軍家斉公の誕生は、民部卿と内膳正の、いわば悲願だったのではあるまいか。

「ようするにお前さんは、あれだろ。お妙さんのふた親は将軍継嗣《あとつぎ》問題に巻き込まれて死んだと思ってんだな」

柳井殿にしては珍しく、至極真剣な眼差しで声をひそめる。そのものずばりを言い当てられて、只次郎は逆に怯《ひる》んだ。

言葉にしてしまうと、なんとも大それた話である。だが家斉公は、ただ手をこまねいていただけではとても将軍にはなれなかった人物である。まず前将軍家治《いえはる》公には、家基《いえもと》公という立派なお世継ぎがいた。そして田安家には、昨年失脚し老中職を追われた松平越中守《まつだいらえっちゅうのかみ》様が。

しかしまず、越中守様が白河《しらかわ》藩へ養子に出された。それから数年後に、家基公が御年十八歳で急死している。なんでも鷹《たか》狩りの帰りに急に体調を崩し、数日後に帰らぬ人となったのだとか。

あまりにも、できすぎではないか。とは、考えてはいけないことか。

利用できる者は利用し、邪魔になれば排除する。田沼主殿頭《たぬまとのものかみ》様や松平越中守様の失脚も、裏で糸を引いていたのがこの二人だとするならば――。

「忘れろ」

柳井殿に、肩を摑《つか》んで揺さぶられた。

水茶屋の二階は、すでに薄暗い。

あまりにも、届かぬ相手だ。空に切れ目を入れようと、刀を振り回すようなもの。武士の端くれといっても只次郎とは、それほどの開きがある。そのくせあちらからは蟻《あり》を踏み潰《つぶ》すよりも簡単に、只次郎を退《しりぞ》けてしまえる。

きっと、そうしろと命じる必要さえない。「近ごろ蟻が多いな」とでも言えば、先回りをして蟻の巣を壊して回る輩《やから》がいる。佐々木様がそうだったし、近江屋もそれだろう。お妙のふた親も、そうやって命を奪われたのではないか。

「すべては、お前さんの想像だ」

もう一度、強く肩を揺さぶられた。柳井殿の指が、痛いくらいだ。そっちへ行ってはいけないと、引き留めてくる。

「拙者もいささか、突拍子《とっぴょうし》もない感じがする」

重蔵もまた、慎重に言葉を選びつつ首を振った。

「此度《こたび》の件でたしかなのは、近江屋と岩本内膳正が繫がっていたということだけだ。性急に考えを進めるな」

「ああ。ルリオ調の鶯だって、巡り巡って民部卿の元にたどり着いただけかもしれねえぞ」

そうであればいいと、只次郎も思う。だが頭の中には、近江屋が放った言葉が残っている。

「どのみち、手の届かぬお人」

「もはや地位も盤石《ばんじゃく》でしょう」

あれは、松平越中守様が老中職を追われた後のことだ。近江屋は黒幕と思われる人物を指して、そう言った。

その評に、これほど当てはまる者がいようか。近江屋が恐れて口をつぐむわけも、理解できる。

そして近江屋は、こうも言った。

「正体など知らぬほうが、むしろ安全」

只次郎は柳井殿の、強張《こわば》った顔を見返した。おそらくこの人は、突飛な考えとは思っていない。だからこそ、「忘れろ」と迫ったのだ。

皮肉にも、近江屋の言った通りだった。世の中には、興味本位で首を突っ込んではいけないことがある。あまりにも大きすぎる敵はまるで天災のようで、どこに怒りをぶつけていいのかも分からない。

黒幕のことなど、綺麗《きれい》さっぱり忘れる。それが利口《りこう》な生きかただ。

「そうですね。私はちょっと、思い詰めていたようです」

只次郎は、体から力を抜いてそう答えた。表情から毒気が抜けたのを見て、柳井殿の手が弛《ゆる》む。重蔵も、詰めていた息を吐き出した。

「すみません。ルリオ調の鶯が見つかったものだから、つい妄想《もうそう》に近い話をしてしまいました」

「いいってことよ」

柳井殿が、片頬《かたほお》を歪めて笑う。軽薄を装ってはいるが、瞳《ひとみ》に安堵《あんど》の色が濃く映る。

「構わぬ。一人で思い詰められるよりは、話してくれたほうがいい」

重蔵には田沼主殿頭様を追い落とすため、打ちこわしの先導者として利用された過去がある。落とし穴はどこにでもあると知っているから、慎重にもなろう。

「話はもう、これで終わりか。拙者はあまり、長居ができぬ」

裏帳簿が探られていたことを、近江屋に気取られてはならない。重蔵はすでに、腰を軽く浮かせている。

「ええ、お手間を取らせてしまいました」

「しからば、これにて失礼」

重蔵は、少しも体をぶれさせずに立ち上がる。均整の取れた後ろ姿は、日頃の鍛練《たんれん》のほどを思わせた。

だがどれほど腕っぷしが強くても、立ち向かえぬ敵がいる。ならば鍛練とは、いったいなんのためにするのであろうか。只次郎は昔より厚くなった己の肩を、そっと撫《な》でた。

「さて俺《おれ》も、もうしばらくしたら出る」

重蔵を見送ってから、柳井殿が膝を楽にして銚子を手にした。盃を半《なか》ばほど満たしたところで、酒が空になったようだ。追加を頼むこともなく、黙って飲みはじめる。

「本当に、下手《へた》なことは考えるなよ。お前さんの行動如何《いかん》で、お妙さんにも累《るい》が及んじまうんだからな」

柳井殿はさすがに、嫌なところを突いてくる。お妙のためにしたことが、災厄《さいやく》を呼んだ例はこれまでにもあった。知らず知らずのうちにお妙の亡き父、佐野秀晴《さのひではる》と旧知の旦那衆を『ぜんや』に呼び集めていた。

そのせいでよからぬ企《たくら》みがあるのではないかと疑われ、結果として鶯の糞買いの又三が巻き込まれて命を落とした。割を食うのはいつだって、立場の弱い者たちだ。

「分かっています」

只次郎が頷くのを見て、柳井殿が盃を一気に干す。薄く切られた蒲鉾を口に入れ、いつまでもしつこく嚙んでいた。

互いになにも喋《しゃべ》らぬまま、じりじりと時が過ぎてゆく。窓が東を向いているせいで、日が陰《かげ》るのが早い。だが誰も、行灯《あんどん》に火を入れにくる者はない。

そろそろ頃合いと踏んだか、柳井殿が長刀を手に立ち上がった。

「じゃあな。お前さんは、もう少し頭を冷やしてから帰りな」

陰気な部屋に取り残されて、只次郎は腑抜《ふぬ》けたように壁に寄りかかる。こうなることは、おそらく分かっていた。それでも一人で抱えているには重すぎて、二人を巻き込んでしまった。

「忘れろ、か」

それもそうだ。今はまだ、只次郎の当て推量にすぎない。確たる証拠を摑んでしまったら、きっともう後には引けない。

この先も人生を楽しみたいのなら、これ以上は踏み込まぬことだ。それがお妙を守ることにも繫がっている。

本当に、手も足も出ないとは。

只次郎は銚子を引き寄せようとして、そのあまりの軽さに、中身が空だったことを思い出した。

三

両国広小路から神田花房町代地の『ぜんや』までは、四半刻《しはんとき》（三十分）とかからない。茜空《あかねぞら》が広がる中、暮れ六つ（午後六時）前にはたどり着いた。

夕刻の涼しい風を入れるため、表の戸は開いている。只次郎はその手前で立ち止まり、いったん呼吸を整えた。

「うわっ！」と、中から子供の叫ぶ声がするのは熊吉か。「なんだい、情けないねえ」と、お勝の笑う声もする。続いてぱしゃりぱしゃりと、水面を叩《たた》くような音。なにをしているのだろうかと、気になった。

中を覗いてみると、見世棚《みせだな》の前の土間に大きな盥《たらい》が出されている。それを囲むようにして熊吉とお花がしゃがみ込み、お勝がその背後に立っていた。

お妙はと見れば、ちょうど床几《しょうぎ》の客から勘定《かんじょう》を受け取っているところ。客は只次郎と入れ違うようにして帰っていった。

「あら、林様。お帰りなさいませ」

客を送りついでに只次郎を出迎えて、お妙が頬をほころばす。白い花がふわりと開くような微笑みに、胸を摑まれた。

自分でも驚くほど、お妙には何度でも惚《ほ》れ直す。草市《くさいち》の夜に、盆提灯《ぼんぢょうちん》に照らされてぼんやりと浮かび上がる横顔にも見惚《みと》れてしまった。

あのまま時が止まればいいとも思ったが、そうすると朝の光に透《す》けそうなお妙や、山海の幸を前になにを作ろうとわくわくしているお妙、こうして嬉《うれ》しそうに出迎えてくれるお妙も、見ることは叶《かな》わない。

朝餉《あさげ》のときに顔を見て、それから幾日も経《た》ったわけではないのに、再び会えたことが嬉しい。あまりにも見つめすぎてしまったか、お妙が不思議そうに首を傾げた。

「どうかなさいました？」

「いえ、私はきっと、一生お妙さんに厭《あ》きるということがないんだろうなと思いまして」

「いやだ、なにを言っているんですか」

頬を染めて、恥じらう様も愛《いと》おしい。近ごろ本音が出やすくなっているが、お妙にはこのくらい真《ま》っ直《す》ぐに想いをぶつけたほうがよかろう。どうやら周りが思っているよりも、お妙は自分に自信がない。だから只次郎との将来を、考えてみようとはしないのだ。

夫婦《めおと》になる気はないと断られたときは目の前が真っ白になったものだが、長い目で見ようと頭を切り替えた。根雪《ねゆき》もいつかは溶けるもの。お妙の頑《かたく》なな心も、やがて溶けると信じている。

「兄ちゃんは、いっぺん医者に診《み》てもらったほうがいいんじゃねぇかな。主に、頭を」

只次郎の声が届いたか、熊吉が憎まれ口を叩いてくる。ぼんやりとこちらを見ているだけのお花にも、少しは口数を分けてやってほしいものだ。

ぱしゃりとまた、盥の中で水音がした。

そういえば、皆なにを見ていたのだろう。店に入り、只次郎も気になって盥を覗き込む。

ぬめぬめとした鰭《ひれ》のようなものが翻《ひるがえ》り、中に張られた水を叩く。水滴が頬にかかり、只次郎は「わっ!」と声を上げた。さっきの熊吉の叫び声も、これのせいだろう。

大きな菱《ひし》形をした、平たい魚だ。背は茶褐色《ちゃかっしょく》にぬめっており、目の後ろに窪《くぼ》みが二つある。

「鱏《えい》、ですか」

「はい、赤鱏です」

言い当てると、お妙がなぜか嬉しそうに頷いた。

昼間魚河岸《うおがし》の男たちが、網にかかったのを生きたまま持ってきたらしい。長い尾が切られているのは、盥に入りきらないためか。それでもまだ、鱏は大きな胸鰭《むなびれ》をうごめかしている。

「鱏というのはなぜか死ぬと、どんどんお小水のにおいがしてくるんです。だから生きたまま運んでいただけるのは、ありがたいですね」

なるほど、お妙の上機嫌のわけが分かった。それにしても小水のにおいがするとは、おかしな魚だ。そんなものが武家の膳に並ぶはずもなく、只次郎は食べたことがない。

「美味《おい》しいんですか」

「ええ。臭みが出ないよう手早く捌《さば》きさえすれば」

どんな味がするのか、気になる。水っぽい煮豆の口直しもしたかった。

「だけどお花ちゃんが、妙に気に入ってしまって」

お花は盥に覆《おお》い被《かぶ》さるようにして、その面妖《めんよう》な魚を眺めていた。形が面白いのか、それとも動きか。昼のうちに持ってこられたという鱏が、まだ捌かれていないのはそのせいらしい。

「死ぬと、臭くなる？」

そのひと言が、幼い胸に引っかかったものか。お花は眉間《みけん》に皺《しわ》を寄せ、顔を上げた。人より鼻が利くものだから、聞き捨てならなかったようだ。

「そう。なかなか癖《くせ》の強いにおいよ」

「だったら、もういい」

小水臭いのは困るとばかりに、お花は未練も残さず立ち上がる。そろそろ外も暗くなるから、家に帰ったほうがよかろう。あまり遅くなると、母親のお槙に叱《しか》られる。

「帰るんなら送ってく」と、熊吉も立ち上がった。近ごろお花は少しずつ、面倒見のいい熊吉に懐《なつ》きつつある。

「ああ、気をつけて行っておいで」

そう言って送り出そうとしたら、お花の黒々とした目が只次郎を捉《とら》えた。いかにも名残惜《なごりお》しそうに、只次郎の袴《はかま》をちょいと引く。

「ねぇ、お父《とっ》つぁん」

「えっ？」

うっかり呼び間違えたのか。首から順に、お花の顔が染まってゆく。あまり感情を表に出さない子が、見るからに動転していた。

「なんでもない！」

羞恥《しゅうち》にいたたまれなかったのか、お花はそう言い残して身を翻す。そのまま外へ走り出て行ったのを、熊吉が「おい、待てよ」と追いかけた。


お妙が調理場で、赤鱏を捌いている。

大きな魚だけに力がいるのか、時折出刃包丁を叩きつけるような音がして、只次郎はその度に身を縮めた。

「はい、どうぞ」

お勝が同情の眼差しを送りながら、燗《かん》のついたちろりを膝元に置く。「ありがとうございます」と、只次郎は首をすくめたまま礼を言った。

どういうわけだかお妙は、お花の母のお槇が絡むと悋気《りんき》を起こす。お花を救いたいのなら、お槇と夫婦になるかと迫ってきたこともある。

申し訳ないがお槇のことは、女として見ていない。それが分からぬお妙でもなかろうに、なにを心配しているのだろう。

「そういやお花ちゃんのお父つぁんってのは、御家人なんだってね」

只次郎を哀《あわ》れに思ったか、お勝が弁明の余地を設けてくれる。

「そうなんですよ」と、只次郎は大仰《おおぎょう》に頷いた。

「顔さえ知らぬようですが、私も一応武士ですから。まだ見ぬ面影《おもかげ》を、重ね合わせたのかもしれませんね」

きっと、それだけのこと。お槇と夫婦になる未来は万に一つもあり得ない。と、言外に匂わせる。ただの呼び間違いで、臍を曲げられたくはない。

お妙は聞いているのかいないのか、赤鱏の身を水でざぶざぶと洗っている。ああやって、臭みを取っているのだろう。

怒っているわけではないのか。ちらちらと様子を窺《うかが》いながら、酒を舐《な》める。すると
お妙はおもむろに、鋏《やっとこ》を取り出した。

只次郎は子供のころ、抜けそうで抜けない歯を鋏で抜かれたことがある。そのとき
の恐怖を思い出し、立ち上がった。

「なにをする気ですか、お妙さん」

お妙はきょとんと首を傾げ、鋏を顔の高さに持ち上げた。

「なにって、皮を剝ぐんです。鱏の皮は、硬いので」

よかったと、只次郎は胸を撫で下ろす。お勝が隣でにやにやと笑っている。

このまま座り直すのもきまりが悪い。只次郎は袂《たもと》から畳んだ腰紐《こしひも》を取り出した。

「そういうことなら、私がやりますよ」

腰紐の一端を口に咥《くわ》え、手早く襷掛《たすきが》けをする。

「でも」と遠慮するお妙に構わず、只次郎は調理場に立った。

四

考えてみれば料理というものを、ほとんどしたことがない。林家にいるころはもちろん、裏店《うらだな》住まいを始めてからも、お妙の料理に頼りっきりで、飯すら炊《た》かなかった。お妙と調理場に並ぶのは、もちろんはじめてのこと。こういうのも、悪くない。と思ったものの、鱓の皮剝ぎは料理というより、ただの力仕事だった。

「なるほど。これはなかなか、手ごわいですね」

鱓の皮は身にしっかりと貼《は》りついており、剝《む》きづらい。お妙がやろうとしていたように鋏で挟んで引っ張っても、ぬめりが残っていて滑りやすい。

「これはむしろ、手でやったほうが早いんじゃ」

只次郎は鋏を置き、鱓の皮と身の間に指を割り込ませる。指先で皮をしっかり摑めるほどになると、そのまま一気に剝いでゆく。

「わ、すごい」

お妙が褒《ほ》めてくれるものだから、少しばかり気分がいい。

「鱓は皮を剝ぐのに力がいるので、くたびれるんです。助かります」

「そういうことなら、いつでも申しつけてください」

只次郎が剝いでいるのは、切り落とした左右の鰭の部分だ。調子づいて、裏側もめりめりと剝ぐ。毎朝木刀を振っているお蔭で、指の力がついたのだ。日々の鍛練というのは、案外こういうところで実を結ぶのか。はなはだしく地味である。

お妙は隣で残った胴に包丁を入れ、丸々と太った肝《きも》を取り出した。黄金色の、艶々《つやつや》とした肝だ。緑色の苦玉《にがだま》を取り除いてから、桶《おけ》に張った水へと放つ。

一緒に調理場に立ち、お妙の手際を眺めているのもまた楽しい。只次郎は、身内に湧《わ》き上がる幸せを嚙み締める。この幸せが、未来永劫《えいごう》続いてくれるといいのだが。

そのためには、お妙を欺《あざむ》き続けなければいけない。

お妙がふた親と良人を失った、元凶にたどり着けたかもしれないのに。「忘れろ」という、柳井殿の声が耳にこだまする。

思い出すのは昔姪のお栄に読んでやった、赤本の『さるかに合戦』だ。小《こ》蟹《がに》や蜂《はち》や臼《うす》といった取るに足りぬ者たちが、猿という巨悪を打ち倒すお伽噺《とぎばなし》である。あのとき只次郎はお栄に、「悪知恵はいずれ身を亡《ほろ》ぼす」と教えたはずだ。

けれども現《うつつ》では、巨悪はのさばってゆくばかり。取るに足りぬ者たちが束《たば》になってかかったところで、ひと息で吹き飛ばされてしまう。敵は、それほどまでに大きい。

「どうしました？」

物思いに駆《か》られ、手が止まっていた。只次郎は「いいえ」と首を振り、残りの皮を剝いでゆく。お妙は肝を取り去った後の胴を、先ほどの盥にぞんざいに投げた。

「そっちは料理をしないんですか」

「はい。鱓の体で食べられるのは、鰭と肝だけです」

なんともまぁ、もったいない。鱓の鰭は大きくて肉厚だ。これだけでも充分食べ応えはありそうだが、未練がましく尋ねてみる。

「尻尾《しっぽ》も食べられないんですか」

「さぁ。でも釣り上げてすぐに切り落とすんだと思いますよ。危ないですから」

「危ない？」

「ええ。赤鱓の尾には毒の棘《とげ》があるんです。刺されると凄《すさ》まじい痛みに襲われて、死に至ることもあるそうで」

それは怖い。だからこの鱏も、あらかじめ尻尾が落とされていたわけだ。

お勝が空《あ》いた床几に腰掛けて、さらに恐ろしいことを言う。

「うちの亭主の知り合いがさ、漁師が切り落としてそのへんに放ってあった尻尾を踏んづけて、危うく死にかけたことがあったよ。あれはたとえ棘だけになっても、毒が消えないんだってね」

死してもなお、残る毒。こんな面妖な魚でさえ身を守り、一矢報《むく》いる術を持っているのだ。

それなのに自分はこのまま、死ぬまで知らぬふりを通すのか。

身を守る術がそれだけというのは、あまりにも弱い。確たる証拠がないのだからと己をごまかし、目を逸《そ》らして生きるのだ。

真実を突き止める手立てなら、まだ残されているというのに。

柳井殿と重蔵には伏せておいたが、只次郎には久世丹後守様とのよしみがある。黒幕の正体を知っていそうなあの方にこの度明らかになった事実をぶつけてみれば、なにかしらの手応えは返ってくるはずだった。

このまま忘れたふりをするか、今一歩踏み込むか。

赤鱏の棘というものが、どんな形をしているのか見てみたい気がした。

「林様、後はやりますよ」

考えごとをしているうちに、鱚の皮を剝ぎ終えていた。お妙に場所を譲り、桶の水で手を洗う。お妙は包丁を握り直し、只次郎が皮を剝いだ鱚の鰭を、鮮やかな手つきで三枚に下ろしてゆく。

「このままぶつ切りにして、真ん中の柔らかい骨と一緒にじっくりと煮るつもりでしたが、せっかくですから少しお刺身にしましょうか」

鱚が古かったり血抜きがうまくできていなかったりすると、捌いているうちから小水のような臭みが出てくるという。だがこの鱚は、身に顔を近づけてみても嫌なにおいはしないようだ。

「いいですねぇ」と、只次郎はいつもの食いしん坊の笑顔を取り繕《つくろ》った。

葉《は》唐辛子《とうがらし》の佃煮《つくだに》、茄子《なす》の鴫焼《しぎや》き、はんぺんと油揚げのさっと煮、芋茎《ずいき》の酢の物、里芋と烏賊《いか》の煮物。

そういったお菜を肴《さかな》に酒を飲んでいたら、少しずつ客が増えてきた。神田花房町代地に移ってからの、得意客の姿もちらほらと窺える。

店の算盤《そろばん》を預かる身としては、ありがたいことである。以前からの客が離れることもなく、『ぜんや』はいよいよ景気がいい。

そう、表向きはうまくいっているのだ。わざわざ嵐《あらし》を呼び込むような真似《まね》は、しなくていい。

「忘れろ」と、酒が回ってきた頭にまた柳井殿の声が響いた。

「なんだかアンタ、今日はぼんやりしすぎじゃないかい」

お勝が客の注文を聞いて回りながら、ついでのように只次郎に声をかける。話しかけられるまで、目の焦点が合っていなかった自覚はあった。

「そうですか。夏の疲れが出たのかな」

「商いはもう落ち着いたのかい」

「ええ、鶯指南のほうはひとまず。今のうちに、商い指南の版図《はんと》を広げておかねばですね」

「いいや、少し休みな。疲れを取るのも、仕事のうちさ」

「あれっ、お勝さんが優しい」

いつも只次郎をからかってばかりのお勝が心配するほど、ぼんやりしていたのだろうか。それはいけないと、笑いながら冗談《じょうだん》を返す。お勝もまた、「フン」と片頬を歪めて笑った。

「アンタにゃ、長生きしてもらわなきゃいけないからね」

それはお妙を残して早々に死んでしまった、善助のことを含んでいるのか。もう二度と、お妙を一人にしないこと。一応そのつもりではいるのだが、この先どうなるかは定かでなくなってきた。

「私は食い気が強いから、きっと長く生きますよ」

「そうかい、楽しみにしてるよ」

只次郎の強がりをやんわりと受け止めて、お勝が空いた小鉢を引いてゆく。用心しないと。お勝もお妙も、勘がいい。

「こっちにも、里芋をくれ」

「俺ははんぺんを」

「はい、ただいま」

増えた客の注文を捌きつつ、お妙がこちらへやって来る。「お待たせしました」と、只次郎の折敷の上に皿を置いた。

「おおっ」

憂《うれ》いも忘れて目が輝く。赤鱏の身の刺身の横に、艶《つや》やかな肝まで添えられている。

「鱏の身は歯応えがよすぎるくらいなので、さっと霜降《しもふ》りにしてから薄く削《そ》ぎ切りにしました。肝も軽く湯通しをしております。お醤油《しょうゆ》か芥子《からし》酢味噌《すみそ》でどうぞ」

箸《はし》でさっそく、身をひと切れつまんでみる。白身に赤い血合いの色が映《は》えて、綺麗な刺身だ。

「おっ、なんだよそれは」と、小上がりの客が目聡《めざと》く見つけて首を伸ばした。

「赤鱏です」

「鱏？　そんなもん、臭くて食えたもんじゃないだろう」

お妙と客のやり取りを尻目《しりめ》に見つつ、刺身に芥子酢味噌をつけて口の中へ放り込んだ。嚙み締めるとほどよい弾力があり、爽《さわ》やかな旨《うま》みが舌に広がってゆく。

「ああ、これは旨い。癖がなくあっさりしているので、芥子酢味噌が合いますね」

小上がりの客に見守られ、只次郎はさらに肝へと箸を伸ばした。こちらは醬油で食べてみる。

「ふぁ、とろける！」

思わず頰を押さえて、叫んでいた。

ぷりっとした食感ながら、嚙むごとに舌の上で蕩《とろ》けてゆく。濃厚な旨みがねっとりと、口腔《こうこう》に絡みついてくる。これは素晴らしく旨い。

「肝をお醬油に溶かしても美味しいですよ」

淡泊な身に、濃厚な肝醬油。そんなもの、旨いに決まっている。

「そんなに旨いのか」

「だったら俺にも鱏を」

「こっちにも、二人前」

小上がりの客たちが、色めき立つ。

「はい、ただいま」

お妙は「煮つけの分、足りるかしら」と首を傾げつつ、調理場へと戻って行った。

五

熊吉の戻りが、どうも遅い。

赤鱏を食べ終えてから、只次郎は盃をいったん置いた。

お花を送り届けて、そのまま俵屋へと帰ったのだろうか。いや、それなら店を出る前に断ってからゆくはずだった。

なにかあったのではないかと、気がかりなのは身に覚えがあるからだ。もしや只次郎の不穏な動きが、敵方に気取られてはいまいか。

まさかとは思うが、案じはじめると不安が募《つの》る。のんびり酒を飲んでいるわけにもいかず、只次郎は立ち上がり、長刀を腰に差した。

「どちらへ」と、空いた皿を片づけていたお妙が問う。

「熊吉が遅いので、ちょっとそのへんまで様子を見てこようかと」

「お願いします」

お妙もまた、熊吉が戻らないことを気にかけていたようだ。そう言って、ちょっと頭を下げた。

「お槇さんもこのところ、顔を見せないんです。枝豆の季節もそろそろ終わりですし、なにをしているのだか」

枝豆が旬《しゅん》の間は毎晩のようにやって来て、「買っとくれ」と束で押しつけてきたお槇である。お蔭で『ぜんや』の献立には、枝豆が出ない日がなかった。

だが言われてみればここ四、五日は、枝豆料理が出ていない。お妙は押し売りのようなお槇のやり口に閉口していたはずだが、ぱったりと訪れが絶《た》えてしまうと、それもまた不気味なのだろう。

「枝豆売りの仕事がなくなって、この先どうするつもりなのかも分かりませんし」

只次郎がお槇を構うと拗《す》ねるくせに、急にあべこべなことを言う。おそらくお花が心配なのだろう。秋が深まりゆくにつれて、あの母子《おやこ》の暮らし向きが困窮《こんきゅう》を極めるのは明らかだった。

お槇は只次郎が世話をしようとした仕事も、すべて断ってしまった。理由をあれこれと並べ立ててはいたが、つまるところやる気がない。それだけのことである。

「あの人、いざとなればお花ちゃんを売ればいいなんて思っていませんよね」

お妙が最も懸念しているのはそれか。そんなつもりはなかろうと、言いきれないのがもどかしい。

「ともあれ、熊吉を捜してきます。お槇さんのことはまた、日中にでも」

お槇とは、夜に顔を合わせたくはない。会えば「安くしとくよ」と、誘いかけてくる女だ。過《あやま》ちを犯すつもりはないが、そのしつこさには辟易《へきえき》していた。

昼間の茶汲女のように、体を売って食い繋いでいる女はいくらでもいる。綺麗事で腹《ふく》は膨れないのだから、そんな生き様に文句を言うつもりはない。けれどもどこかできっかけさえ摑めれば、立ち直ってみようとは思わないものだろうか。

お槇と話をしていると、虚《むな》しい。それは手の届かぬ敵に向かって刀を振り回す虚無感と、どこか似ている。

「はいよ」

外はすでに暗い。お勝が提灯に火を入れて、差し出してくる。

「ありがとうございます」と受け取って、店を出ようとしたときだった。

ちょうど表の戸口で、熊吉と正面から行き合った。

「ああ、熊吉」

よかった。見たところ、かすり傷一つなさそうだ。

只次郎は、ほっと腹の底を弛める。だがすぐに、熊吉の背後にお花が控《ひか》えていることに気がついた。

「お花ちゃん。どうした、帰ったんじゃなかったのかい」

提灯を吹き消して、膝に手をつきお花の顔を覗き込む。『ぜんや』に引き返してくるのは本意でなかったのか、お花はやけにもじもじしている。

「いや、帰ることは帰ったんだけどさ」

そんなお花を熊吉が、気遣うように横目に見る。お槇絡みかと、ぴんときた。

「なにかあったの？」と、お妙も顔を寄せてくる。

この状況で考え得ることといえば——。お槇がまだ客を取っている最中で、家に入れなかった。と、いったところだろうか。

「おっ母《か》さんは、まだ忙しかったか。ならもう少ししたら、私が送って行くよ」

そう言って、お花の艶のない頭を撫でてやる。

熊吉が、その隣で首を振った。

「いや、違うんだ。いねぇんだよ」

「いない？」

意味を摑みかね、お妙が目を瞬《しばた》く。

「そう」と、熊吉が頷いた。

「お花の家は、もぬけの殻《から》だった。聞けばもう三日ほど、おっ母さんが帰ってねぇって言うんだ。だから無理矢理、引っ張ってきた」

「ああ」

昼から、慨嘆《がいたん》の吐息が洩《も》れた。

こんなふうに、守るべきものを投げ出してしまえる者がいる。只次郎が大切にしたいと思う人の心を、平気で踏み躙《にじ》ってゆく。

胸に去来する虚しさは、やはり似ている。

熊吉が『ぜんや』に戻ろうと勧《すす》めても、お花は家に残ると言い張ったそうだ。だって家にいないと、おっ母さんが帰ったとき叱られるから。

それをどうにかこうにか熊吉が、『ぜんや』まで引っ張ってきた。よくぞそのまま捨て置かず、連れて戻ってくれたものだ。
お妙の瞳が光っている。前掛けでそっと涙を押さえてから、お花の前にしゃがんで
その手を握った。
「大丈夫よ。お槇さんには、戻るまでお花ちゃんをよろしくって言われてるから」
見え透《す》いた優しい嘘《うそ》をつき、「上で休みましょう」と促す。
お勝までが目を潤《うる》ませている中で、お花は泣きもしなかった。

# 甘い算段

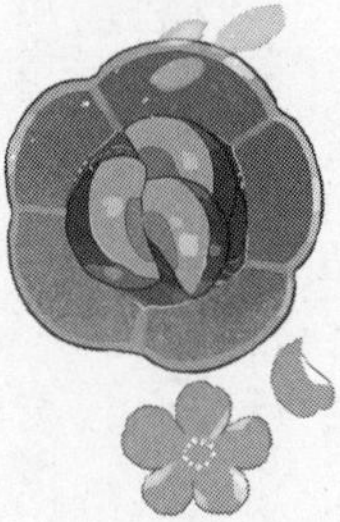

一

ちょうど手のひらに握り込めるくらいの赤い実を、皮のついたまま櫛形《くし》に切り、芯《しん》を取る。それを鍋《なべ》の底に並べ、少量の水と砂糖、それから味醂《みりん》を入れて煮る。味醂が煮切れ、果実が透《す》き通ってきたら出来上がり。熱々でも、冷《さ》ましても美味《おい》しい、林檎煮《りんごに》である。

長月《ながつき》二十日、朝から薄曇《うすぐも》りの、肌寒い日だ。甘い湯気に誘われて、熊吉が見世棚《みせだな》越しに手元を覗《のぞ》き込んでくる。身丈《みたけ》が足《た》りないお花も、頭だけは見えている。

冷ます暇はなさそうだ。お妙は林檎煮を、とろみのある汁ごと小鉢によそってゆく。折敷《おしき》に載せて「どうぞ」と出せば、熊吉が待ってましたとばかりに受け取った。

「駄目駄目、座って食うんだ」

甘酸っぱい香りに負けて、お花がすぐさま手を伸ばしたらしい。行儀の悪さを窘《たしな》めて、熊吉が床几《しょうぎ》へと促す。二人並んで腰掛けて、「ほらよ」と小鉢を手渡した。

お花はそれを両手で包むようにして、香りを胸いっぱいに吸い込む。表情の変化に乏《とぼ》しい子だが、それでも目元がちょっと弛《ゆる》んだのが分かった。

後ろで一つに縛っていただけの髪は、丁寧《ていねい》に梳《くしけず》って銀杏髷《いちょうまげ》に結ってやり、着物は古着ではあるが、見苦しくはない麻の葉柄の木綿《もめん》を着せている。はじめて会ったころより頰《ほお》の肉づきがよくなり、うんと愛らしくなった。

元々黒目がちの、可愛《かわい》らしい子だ。これで笑顔のひとつでも浮かべてくれれば、眩《まばゆ》いほどであろうに。

ふうふうと林檎煮を吹き冷まし、口に含んだ熊吉が、「旨《うま》い！」と湯気を吐きつつ天を仰《あお》ぐ。その隣で、お花もひと口。さり気なく見守っていると、ほんのわずかだけ笑窪《えくぼ》が浮かぶ。甘い物を食べると、頰がきゅっと窄《すぼ》まるらしい。

笑ったわけではないが、喜んでくれている。ならばよかろうと、お妙は小上がりにも林檎煮を運んでゆく。

小上がりには裏店《うらだな》に住まうおえんと、休憩《きゅうけい》中のお勝が座っている。近ごろおえんの子のおかやが元気に這《は》いずり回るので、床几では危ないのだ。今も四肢《しし》を踏ん張って、他に客がいない畳《たたみ》の上を這い回っている。

昼餉《ひるげ》の賑《にぎ》わいが治まった、八《や》つ時（午後二時）である。子供が増えたこともあり、余裕があればこうして甘いものを拵《こしら》える。それを目当てにして、おえんがやって来るというわけだ。

「アウアウアー！」

折敷を置くと、おかやが凄《すさ》まじい勢いで這ってくる。湯気を上げる小鉢を見て「マンマンマー！」とつぶらな瞳《ひとみ》を輝かせた。

「あら、今『マンマ』って言いました？」

「そうなんだよ。『かか』も『とと』も言わないのに、『マンマ』だけ覚えちまったみたい」

「おやまぁ、誰《だれ》に似たんだか」

煙草《たばこ》を遠慮《えんりよ》して空の煙管《きせる》を弄《もてあそ》んでいたお勝が、首をすくめる。どう考えてもおかやの食い気は、母親譲りだ。

「おかやちゃんには冷めてから、小さく切ってあげましょうね」

「だってさ。これはアタシの分だよ。あげないよ」

おえんは小鉢を高く掲げ、必死に手を伸ばす我が子から遠ざけた。

「大人げないねぇ」

「かやの分がないならアタシだって我慢《がまん》するけどさ、あるなら食べるよ」

ぱくり。おかやの目の前で、おえんが林檎を頬張った。

「ううん、美味しい」と頰を押さえる母を見て、おかやの顔がくしゃりと歪《ゆが》む。

「あーん、あーん」

ついには大きな声を放って、泣きだしてしまった。

「はいはい、すぐに冷ましてあげましょうね」

お蔭《かげ》でお妙は林檎煮を、団扇《うちわ》で煽《あお》ぐ羽目《はめ》になった。


「お、食べるね」

細かく刻《きざ》んだ林檎煮を匙《さじ》で掬《すく》って近づけると、おかやはすぐさま食いついた。そのとたん、涙を湛《たた》えていた瞳がカッと見開かれる。口の中のものを飲み込んでから、なにかに驚いたように息を吐き出した。

「美味しかったらしいね」

その様子に、お勝までが柔らかな笑顔を見せる。おかやが腕を上下に振って全身で喜びを表すものだから、お妙もつい声を出して笑ってしまった。

「林檎なんて酸っぱくて硬くて、そんなに旨いものでもないと思ってたけど、こうして甘く煮てやればいいんだね」

「ええ。それに皮つきのままのほうが、お通じもよくなりますよ」

煮られて皺《しわ》んだ林檎の皮は舌触りの邪魔になるようにも思えるが、嚙《か》み締めてみれば案外旨《うま》みが滲《にじ》み出てくる。火を加えることによって風味が増し、腹持ちもいい。おかやが喜ぶはずである。

ふと、背中に強い視線を感じた。振り返ってみると、お花が床几に掛けたまま、じっとこちらを見つめている。喜怒哀楽の激しいおかやとは反対に、捉《とら》えどころのない、ぼんやりとした眼差《まなざ》しを向けていた。

「どうかしたかい、お花ちゃん」

おえんも気づいて、声をかける。だがお花はちょっと首を傾《かし》げただけで、なにも言おうとしなかった。

お花の母、お槇が行方《ゆくえ》知れずになって、すでにひと月以上が経《た》っている。なにかしらの騒動に巻き込まれたのではと只次郎が心配し、吟味《ぎんみ》方《かた》与力の柳井様に問い合わせたりもしたが、手がかりは摑《つか》めぬままだ。下谷山崎町の源さん曰《いわ》く、「このところ怪しげな流れ者と懇《ねんご》ろになったみたいでよ。そいつについて行っちまったんじゃねぇか」とのことらしい。

頭に思い浮かぶのは、「姉さんがあの子にたらふく食わせてくれるから、アタシが食わせてやらなくてすんで助かるよ」と言った、お槇の顔だ。放《ほう》っておいてもお花の面倒を見てくれそうなお人好《ひとよ》しが現れたから、子供を置いて行ったというのだろうか。

「そんな。不如帰《ほととぎす》でもあるまいに」と、只次郎は呆然《ぼうぜん》としていた。

鶯《うぐいす》の巣に卵を産み、育てさせる不如帰。だがそれは、あくまで鳥の話。人には情があるはずだ。腹を痛めて産んだ子を、こうも簡単に捨てられるものか。

お花は今、『ぜんや』の内所《ないしょ》で寝起きしている。お槇が戻るまで預かる約束ということにしているが、九つにもなればその程度の嘘《うそ》は見抜くだろう。それなのにお花は、夜中に母を恋しがって泣くこともない。

だが涙などとっくに涸《か》れてしまったかのように、虚空《こくう》を見つめていることがある。ちょうどこんなふうに、捉えどころのない眼差しで。

おえんに林檎を食べさせてもらっているおかやを、どんな思いで眺めているのか。お花もお槇に、優しくしてもらったことがあるのだろうか。おかやが当たり前に受け取っている親の愛が、なぜ己の頭上には注がれぬのかと、不思議でならないのかもしれない。

おえんがさり気なく肩を入れ、お花の視線を遮《さえぎ》った。哀《あわ》れな子だと同情はしても、目的も分からず我が子をじっと見られるのは不気味なのだろう。

「お花ちゃん、美味しかった？」

おかやから気を逸《そ》らせようと、お妙は床几の前にしゃがみ込む。お花は言葉を発さずに、こくりと頷《うなず》いた。

見れば小鉢はすっかり空になっている。お花の代わりに熊吉が、大袈裟《おおげさ》なくらい「旨かったぁ」と声を張り上げた。

「また作っておくれよ、お妙さん」

「そうね。近いうちに作りましょうね」

せめてうちにいる間は、母代わりと思って甘えてほしい。そう思うのに、共に暮していてもお花はいっこうに懐《なつ》かない。不用意に触れるとびくりと身を震わせるので、こちらも遠慮がちになってしまう。

たとえ酸っぱい林檎でも、甘く煮れば美味しくなる。お花の人生は、まだこれからなのだ。辛《つら》い記憶が薄れるくらい、可愛がってやりたいと思うのだが。

「ただいま帰りました」

表の戸が開き、商《あきな》い指南に出ていた只次郎が戻ってきた。そのとたん、お花の頬に喜色が浮かぶ。分かりづらいが、ほんのわずかに唇の端が持ち上がっている。

「おっ、なんだか甘い香りがしますね」

すんすんと鼻を鳴らす只次郎に、お花が空の小鉢を向けて見せた。なにを食べたか、当ててみろというのだろう。

「酸っぱいにおいもするね。杏煮《あんず》かな」

外れだ。お花が首を横に振る。

「あ、分かった。林檎だ」

当たると、弾《はず》みをつけて頷いた。

お妙には懐かなくても、只次郎にはこの通り。うっかり「お父《とっ》つぁん」と呼びかけたこともあるくらい、親しみを覚えている。

衣食住の世話をしているのは、自分なのに。言ってもしょうがないことだが、少し悔しい。せめてお花の気を引こうと、甘いものを拵える日々である。

「ああ、そうだ。土産《みやげ》があるんだよ」

只次郎が手に提《さ》げていた風呂敷《ふろしき》包みを床几に置き、結び目を解《ほど》く。出てきたのは、紙に包まれた煎餅《せんべい》だ。今日の仕事先が煎餅屋だったのか、ずいぶんたくさんある。

「やったぁ」と、躍《おど》り上がったのは熊吉だ。お花も控えめに、手を叩《たた》く。

子供にとっては手作りのお八《や》つよりも、店で売っている菓子のほうが上等だ。ますます負けた気分になって、お妙はこんがり焼けた醬油《しょうゆ》煎餅を横目に睨《にら》んだ。

二

「おやおや、眠くなっちまったみたいだね。アタシたちは、いったん帰るよ」

寝ぐずりをはじめたおかやを抱いてあやし、おえんが裏店へと引き上げた。その際に、土産の煎餅を十枚ほど摑み取って行ったのはさすがである。

「片手が塞《ふさ》がってるってのに、なんであんなに摑めるんだか」とお勝が首を傾げ、感心していた。

そんなおえんと入れ替わるようにして、やって来たのは菱屋のご隠居だ。笊《ざる》に盛られた煎餅と、それを食べる子供たちを見比べて、得心したように頷いた。

「ああ、今日は浅乃屋《あさのや》さんでしたか」

浅乃屋は、浅草雷門《あさくさかみなりもん》近くにある煎餅屋だ。ご隠居とは、旧知であるらしい。

「ええ、そうなんですけどね」

商い指南の依頼は、ご隠居の仲立ちによるものだったか。どうも不首尾に終わったようで、只次郎は眉尻《まゆじり》を下げて見せた。

「なにがあったか聞きましょう。お妙さん、酒を二合と、つまめるものを」

「かしこまりました」

お勝が立ち、ちろりに酒を満たして銅壺《どうこ》に沈める。お妙は調理場に入り、お菜を皿に彩《いろど》りよく盛りつけた。

揚げ栗《くり》、切り干し大根と人参《にんじん》の白和《しらあ》え、春菊と菊花の柚香《ゆずか》和え、酢取り蕪《かぶ》の上には小口切りの赤唐辛子《あかとうがらし》をちょんと載せる。

ご隠居と只次郎は、小上がりに差し向かいになって互いに顎《あご》を撫《な》でていた。その間に、「お待たせしました」と皿を置いてやる。

ちょうど酒の燗《かん》もついたようで、ちろりが運ばれてきた。話を中断し、男二人で酒を注《つ》ぎ合う。

「ああ、揚げ栗の塩加減がいいですね。渋皮《しぶかわ》がぱりぱりとして、酒が進む」

「春菊も、爽《さわ》やかな香りです。ほのかな苦みがまた旨い」

一日の疲れを酒で洗い流し、満足げに息をつく。それからまた、仕事の話に戻っていった。

「そうですか。先代が出しゃばってきちまいましたか」

「ええ。煎餅の味を変えることはならんと、大反対されました」

「頑固《がんこ》ですからねぇ、あの人は」

その頑固さに、困らされたこともあったのだろう。ご隠居が苦い顔をして笑う。

浅乃屋の商い指南は、捗々《はかばか》しくはない様子。他に客がいないのをいいことに、お妙も煎餅を手に取ってみる。

一見なんの変哲もない、醬油味の堅焼き煎餅だ。ぼこぼこと膨《ふく》らんだ表面がほどよく焦《こ》げて、食い気をそそる見た目である。

手で割ろうとすると、指先が白くなるほど硬い。二つに割ったところで諦《あきら》めて、歯を立てた。

ぼりぼりと、小気味よい音をさせて嚙み砕《くだ》く。お妙は「あら、美味しい」と口元を押さえた。

歯応《はごた》えがあるぶん、嚙めば嚙むほど米の甘みが滲み出る。生地《きじ》に染み込んだ醬油には、おそらく砂糖も味醂も混ぜていない。そのぶん炭火で焼いた香ばしさが際立って、鼻にすっと抜けてゆく。

「そうなんです。旨いんですよ」

只次郎が頷き返してきた。

素朴《そぼく》だからこそ、米や醬油を選び抜いている。先代のこだわりが窺《うかが》える煎餅だ。味を変える必要など、ないように思われる。

「この煎餅に、文句があるわけじゃありません。ただ浅乃屋さんは、醬油味ひと筋なんです」

「ああ、なるほど」

ようやく分かった。いくら美味しくても、醬油煎餅などべつに珍《めずら》しいものではない。そこで只次郎は客の目を引くために、幾種類かの味を出してはどうかと考えた。その案が、先代の意地と真っ向からぶつかってしまったわけだ。

「べつに、醬油味をやめろと言っているわけじゃないんです。けれど、客だって、選ぶ楽しみがあったほうがいいでしょう」

「それは、たしかに」

どれにしようかと、店先で悩むのもまた一興。味が増えたところで、本道の醬油味が売れなくなるということもなさそうだ。その分、店の売り上げも伸びるだろう。

「たとえばお妙さんなら、どんな味があるといいと思います？」

問いかけられて、お妙は「そうですねぇ」と首を捻《ひね》る。答える前に、お花に先を越された。

「胡麻《ごま》と、葱味噌《ねぎみそ》」

「うわっ、いきなりなんだよお前」

隣に座る熊吉がのけ反って驚くほど、唐突《とうとつ》だった。

「今日の、お魚料理」と、お花が言葉をつけ足す。

「ああ、そうね。胡麻と、葱《ぞ》味噌だわ」

鼻のいいお花なら、店内にわずかに残る昼餉のにおいも嗅《か》ぎ分けられるのかもしれない。その中から、煎餅に合いそうな風味を選び出したのだろうか。

もしそうだとするならば、この子には料理の才があるのではないか。

「魚料理は、なんですか」

只次郎は煎餅のことも忘れて、お妙の料理に気を取られている。

「鯖《さば》の利久《りきゅう》揚げと、烏賊《いか》の鉄砲焼きです」

返答を聞き、只次郎の喉《のど》がごくりと鳴った。

「旨そうですね。ぜひ、それを」

「酒もあと二合、お願いします」

ご隠居も負けてはいない。空になったちろりを振って、追加を頼んだ。

利久というのは、胡麻を使った料理につけられる名だ。今が旬《しゅん》の鯖をひと口大に切り、胡麻を衣《ころも》にして、からりと揚げた。

鉄砲焼きは、刻んだゲソとワタと生姜《しょうが》を葱味噌で和えたのを、烏賊の胴に詰め、網で香ばしく焼き上げてある。焼けるときにパーンと、鉄砲のような爆《は》ぜる音がするのが由来だろう。

出来たてを口にして、只次郎とご隠居が揃《そろ》って「うーん」と身悶《みもだ》えた。

「胡麻の風味と歯触りで、脂《あぶら》の乗った鯖がますます旨い」

「こんがり焼けた烏賊と、味噌の相性のよさ。ワタが味に深みを加えて、酒が進むったらありません」

追加で頼んだ酒が、みるみるうちに減ってゆく。お勝が先回りをして、注文が入る前から次のちろりを用意している。

ほどなくして、ご隠居が「もう二合」と手を挙げた。

只次郎は箸《はし》を置く間もなく食べ進め、「ああ」と感嘆の声を洩《も》らす。

「なんて旨いんでしょう、胡麻と葱味噌。酒とこんなに合うんですから、煎餅に合わないはずがない」

どちらも元は、米である。煎餅に混ぜ込んだり塗ったりしても旨かろうと、お妙も思う。

「でも先代は、醬油しか作る気がないと」

「ええ。今の主人は乗り気になってくれたんですけどね」

ならば先代に折れてもらうか、この案は諦めて醤油煎餅だけで儲《もう》けが増えるやり方を模索してゆくかである。

先代の気性をよく知っているらしいご隠居が、ゆっくりと首を横に振った。

「折れませんよ、あの人は」

酒の酔いも手伝って、只次郎が「ううっ」と頭を抱える。熊吉が呆《あき》れたように立ち上がり、お妙の代わりに空《あ》いた皿を下げはじめた。

「横槍《よこやり》が入ったんじゃしょうがねぇよ。お代はいただきませんって、引き下がっちまえば？」

「そう易々《やすやす》とやめられないよ。あいつの商い指南はたいしたことがないって、噂《うわさ》になっては困るからね」

新しいことをはじめると、周りの耳目《じもく》を集めるだけに、失敗が目立つ。やっぱり胡《う》散臭《さんくさ》い奴《やつ》だったと見放されぬよう、依頼主の役に立ち続けなければいけない。これはなかなか、大変な商いである。

「どうしたもんかねぇ」

ちろりを運んできたお勝もまた、一緒になって頭を捻る。床几に座るお花だけが、煎餅を食べ続けている。

ばりぼり、ばりぼり。

大人たちが黙りこくってしまったせいで、咀嚼《そしゃく》の音がよく響く。笊の中の煎餅が、明らかに嵩《かさ》を減らしていた。

「ねぇ、お花ちゃん。そんなに食べて、夕餉《ゆうげ》は入る？」

心配になり、尋《たず》ねてみる。腹を減らしていることはあっても、腹がいっぱいで食べるべきものが入らないという経験がないのだろう。お花はきょとんと目を瞬《しばたた》く。

「だってこれ、美味しい」

好物ができたのなら、喜ばしいことだ。だがどんなに美味しくても、そればっかり食べていてはいけないという、当たり前のことをお花は知らない。

どう教えたものかと迷っていると、お花は煎餅に鼻先を寄せ、すうっと息を吸い込んだ。

「お醬油の、いい香り」

「香り？　ああ、そうか」

只次郎が、ぽんと手を打ち鳴らす。なにやら思いついたらしい。

「ありがとう、お花ちゃん。それでいってみるよ」

「いや、なんのことだか分かんねぇ」

一人で納得している只次郎に、熊吉が文句をつける。

只次郎はすっかり晴れやかな顔になり、お勝の酌《しゃく》を受けている。

「だから、醤油の香りを前に押し出すんだよ。浅乃屋さんでは店の奥で煎餅を焼いているんだけれど、店頭でやってもらっちゃどうかと思ってね。それなら売り物が醤油煎餅しかなくても、人が集まってくるだろう」

炭火に炙《あぶ》られる煎餅と、焦げる醤油の香ばしいにおい。外を歩いていてそんな香りが漂ってきたら、間違いなく足を止めてしまう。なんて罪深い思いつきなのだろう。

「とてもいいと思います」と、お妙も両の手を打ち合わせた。

只次郎に礼を言われたのが嬉《うれ》しかったのか、お花は照れたようにうつむいている。

その手がまた煎餅へと伸びるのを見て、お妙は慌てて笊を取り上げた。

「もう、おしまい。お煎餅ばかり食べていたら、お腹《なか》を壊すわよ」

体は食べたものから作られる。偏《かたよ》った食事は虚弱の元だと伝えたかったのだが、お花はまるでお気に入りの玩具《おもちゃ》でも取り上げられたかのように、恨みがましい目を向けてきた。

三

肋《あばら》の浮いた体を見るたび哀れに思い、これまではお花が食べたいものを好きに食べさせてきたのだが、そろそろ食事とはどういうものかを教えてやらなければいけない。米に豆に季節の野菜、魚や海藻《かいそう》、体への働きかけは、それぞれに違う。だから煎餅を取り上げたのは決して意地悪ではないと言い聞かせたかったのに、その前に客が来て、床几も小上がりも埋まってしまった。

「お待たせしました、烏賊の鉄砲焼きです」

料理を盛っては運び、作っては運び。急に忙しくなったせいで、お勝の口から愚痴《ぐち》が洩れる。

「こんなことなら、熊吉に残っといてもらうんだったね」

ご隠居はまだ小上がりでだらだらと飲んでいるが、只次郎と熊吉は、いったん隣の『春告堂』に戻って行った。あちらでも、鶯の世話や金勘定、明日の依頼の確認といった仕事があるのだ。

「あんまり甘えちゃ駄目よ。小熊ちゃんは、うちの奉公人じゃないんだから」

実によく働いてくれるから、熊吉にはそんな義理などないことをうっかり忘れそうになる。『ぜんや』の手伝いが、本来の仕事の邪魔をするようではいけない。お勝も「ああ、そうだった」と肩をすくめた。

注文の品をひと通り出し終えて、お妙はふうっと息をつく。小上がりを見れば、ご隠居の酒の肴《さかな》が切れている。

「まぁ、すみません」

慌てて駆け寄り、空いた皿を手に取った。

「いえいえ。それなりに腹は満ちているからいいんですけどね。そうだな、さっきの揚げ栗がまだあればください」

「かしこまりました」

渋皮をつけたまま、ぱりっと揚げた栗である。五つほど盛りつけて膝先《ひざさき》に置いてやると、ご隠居は「ありがとうございます」と、さっそく一つ手に取った。

「三文字屋《みもじや》さんを待っているのですが、なかなか来ませんね」

「お約束なさってるんですか?」

「約束というか、お妙さんはなにも聞いていませんか」

栗を口に放り込み、ご隠居が尋ねてくる。なんのことかと首を傾げると、「なら、来てからのお楽しみですね」とはぐらかされた。

「はぁ」

教えてくれないならしょうがない。お妙は曖昧《あいまい》な返事をして、前掛けの紐《ひも》を締め直す。落ち着いて周りを見回すと、さっきまでいたはずの人影が消えていた。

「あら、お花ちゃんは？」

客が増えてからは酒樽《さかだる》に、ぼんやり腰掛けていたはずだ。手持ち無沙汰《ぶさた》になって、二階の内所に引き上げたのだろうか。店があるとあまり構ってやれなくて、歯痒《はがゆ》くもある。

「厠《かわや》に行くと言って、出てったよ」

やっと一服できそうだと、お勝が懐《ふところ》から煙管を取り出す。お花が座っていた酒樽に目を遣《や》って、「そういや、遅いようだね」と眉間《みけん》に皺を寄せた。

煎餅を取り上げられたことを、お花はまだ誤解している。もしや拗《す》ねて出て行ったのではと、気が揉《も》めた。

「ちょっと、様子を見てきます」

お花が厠にいるのなら、それでよし。もしいなかったらと、不安に陰《かげ》る胸を押さえつつお勝手に向かう。

あーん、あーんと、外で幼子《おさなご》の泣く声がする。しかもそれが、近づいてくるようだ。お妙が手をかけるより先に、お勝手の引き戸が目の前で開いた。

そこに立っていたのは、顔を真《ま》っ赤《か》に染めたおえんだ。同じくらい赤い顔をして、腕に抱かれたおかやが泣いている。もう一方の手で、おえんはお花の衿首《えりくび》を摑んでいた。

お花は驚いたような顔をしているが、その瞳に涙はない。無理に引きずられてきたらしく、下駄《げた》が片方脱《ぬ》げていた。

いったい、なにが起こったのか。事態は呑《の》み込めなくとも、おえんがひどく怒っていることだけはたしかだった。

「ちょっと、お妙ちゃん。どうなってんのさ」

そう言って、息がかかるほど顔を近くに寄せてきた。

人の目があるため客あしらいはお勝に任せ、おえんを促して外に出た。

日当たりの悪い裏口は、日の入りが近いとあっていっそうひんやりとしている。お妙は衿の合わせを詰めながら、じっとうつむくお花を見遣る。おえんの手が離れても、脱げた下駄を取りにも行かず、両の拳《こぶし》を握りしめている。

一方のおかやは、泣き止《や》む気配がない。おえんが「よしよし」と体を揺すっても、気休めにもならぬとばかりに声を張り上げる。

騒ぎを聞きつけたか、只次郎も『春告堂』の裏口から顔を出した。お花がなにかしでかしたらしいと悟《さと》り、「どうかしましたか」とお妙の隣に並んだ。

「どうもこうもないよ」

おえんはまだ、怒りが収まらぬ様子だ。それでもどうにか落ち着こうと、荒い息を吐き出した。

その間に、只次郎が「ちょっと失礼」と断ってお花の下駄を拾いに行った。汚れた足の裏を払って、履《は》かせてやる。お花は小さな手で、只次郎の袴《はかま》をぎゅっと摑んだ。

「お花ちゃんが、うちの子に悪さをしていたんだよ」

まともに息ができるようになると、おえんはそう切り出した。

まだ日のあるうちにと思い、おかやを部屋に寝かしたまま、井戸端に出ていた間のことだという。汚れた襁褓《むつき》を洗っていると、おかやの泣き声が聞こえてきた。

なんだかいつもの泣きかたとは違う。声に切迫したものを感じ、おえんは洗濯物《せんたくもの》を放り出して部屋に駆け込んだ。するとお寝ているおかやに覆《おお》い被《かぶ》さるようにして、お花がなにかしていたらしい。

「びっくりして覗き込んでみたらさ、なんと砕いた煎餅を、これでもかとかやの口に詰め込んでたんだよ。気づくのが遅けりゃ、息ができずに死んじまってたかもしれない。それなのにこの子ったら、アタシの顔を見て悪びれもせず笑ったんだよ」

「そんな」

まだ立てもしない赤子に、なんてことを。責められていることくらい分かるだろうに、お花は顔を上げもしない。

「『ぜんや』でも、アタシとおかやを恨めしそうに見てたよね。おっ母《か》さんに捨てられたのは哀れと思うけど、うちの子は関係ないじゃないか」

「ちょっと、おえんさん」

しかし、おえんの言い様もあんまりだ。お花が捨てられたのかどうか、はっきりしたことはまだ分からない。少なくともお花には、詳しいことはなにも伝えていないのだ。

「そうやって腫《は》れ物に触るような扱いをしてるから、この子だってつけ上がるんじゃないのかい。どんなにごまかしたって、あのおっ母さんはクズだよ。ちゃんと自分の身の上を教えてやったほうが――」

「おえんさん」

今度は只次郎が、おえんの言葉を遮った。お花の肩に手を置いて、丁寧に腰を折る。

「おかやちゃんに害を及ぼしてしまったことは、申し訳ないです。大事に至らなくて、本当によかった。だけど、悪意があったわけじゃないはずです。お花ちゃんは、そんな子じゃない」

はっきりとそう言いきって、その場にしゃがんだ。お花と目の高さを合わせ、顔を覗き込む。

「ね、わけを聞かせてごらん。どうしておかやちゃんに、そんなことをしたんだい？」

お花は目を泳がせるようにして、只次郎とおえんを見比べる。だが「あの、あの」と呟《つぶや》くばかりで、続く言葉が出てこない。

「ゆっくりでいいよ。大丈夫」

只次郎に頷きかけられて、人心地がついたようだ。もどかしげに眉を寄せ、こう言った。

「お煎餅が、美味しかったから」

そうだ、お花は歳《とし》のわりに言葉が幼い。弁明したくても、なんと言っていいか分からなかったのではないか。だからさっきから、じっと押し黙《く》っていたのだ。

お妙は前に身を乗り出し、お花の言わんとするところを汲み取ろうとする。お花は身をすくめるようにして、先を続けた。

「林檎も、美味しかった」

「もしかして」と、お妙は頬に手を当てる。

お八つのときにお花がじっと見つめていたのは、細かく刻んだ林檎を食べさせられているおかやだ。腕を振り回して喜ぶ様子が愛らしく、皆で笑ったものだった。

「おかやちゃんにも、お煎餅を食べさせてあげようとしたの？」

尋ねると、お花は微《かす》かに頷いた。

「誰も、おかやちゃんにお煎餅をあげなかったから」

林檎をあんなにも美味しそうに食べたのだから、お煎餅だってきっと喜ぶだろう。そう思って、親切のつもりで口に入れてやった。泣かれたり、叱《しか》られたりしたのは見込み違い。驚いたような顔をしていたのは、そのためだ。

母親に可愛がられているおかやを、妬《ねた》んだわけではない。真っ赤だったおえんの顔から、みるみるうちに血の気が引いてゆく。毒気を抜かれたように、呟いた。

「かやはまだ、歯《は》が生え揃ってないんだよ。お煎餅なんて硬いものは、食べられないんだ」

「そうだったの？」

知らなかったと、お花が邪気のない目を見開いた。それと同時に、叱られていたわけも悟ったようだ。「ごめんなさい」と言って、またうつむいた。

よく見れば、身を硬くして歯を食いしばっている。ぶたれる衝撃に備えているのだと分かった。

おかやはもう、泣き止んでいる。目元はまだ濡《ぬ》れているものの、けろりとして、不思議そうにお花を見下ろした。

「あう」と声を発し、紅葉《もみじ》のように小さな手を伸ばす。

おえんが体を傾けると、その手がちょうど、お花の額に触れる。力の加減がうまくないから撫でるにしては乱暴だが、落ち込む相手を慰《なぐさ》めようとしているように見えた。

「ほら。かやは、もういいって」

「えっ」

許されることに、慣れてはいない。顔を上げたお花は、ぽかんと口を開けている。

「ごめんよ。アタシも頭に血が上っちまって、言いすぎた。でも赤ん坊には、まだまだできないことが多いんだ。それだけは、気をつけておくれよ」

おえんもすでに気を静め、行き過ぎた言動を恥《は》じている。それなのにお花は、紙を揉んだように顔を歪《ゆが》めた。

「ごめんなさい、ごめんなさい、ごめんなさい」

「お花ちゃん」

お槇に置いて行かれても泣かなかった瞳に、大粒の涙が浮かび上がる。堰《せき》を切ったように、滑らかな頬をぽろぽろとすべり落ちてゆく。

「ごめんなさい、本当にごめんなさい、ごめんなさい」

きっと、わけも聞かずにぶたれるのが常だったのだ。なにもしていなくても、ぶたれることだってあっただろう。

『ぜんや』に来てひと月あまり。体の痣《あざ》は薄くなっても、心に傷は残っている。戸惑《とまど》うおえんを前にして、お花は「ごめんなさい」と謝り続ける。

「お花ちゃん、いいんだよ」

只次郎が、細い背中を撫でてやる。呼吸もままならなくなっているお花に、優しい眼差しを注ぐ。

「もう誰も、怒っていないから」

濡れた頬を拭《ぬぐ》われて、お花は只次郎にしがみついた。

「うわーん！」と、声を放って泣きはじめる。

今までずっと我慢してきた涙は、乾くことなく溜《た》まり続けていたのかもしれない。

まるでそれは、赤子の泣き方だった。

只次郎が「よしよし」とあやしながら、お花を抱いたまま立ち上がる。

「こちらへ」と腕を伸ばしたお妙に首を振り、お花はもう二度と離すまいとするかのように、只次郎の肩を摑んでいた。

四

宵《よい》五つ（午後八時）を過ぎ、他の客がすっかり帰ってしまってから、只次郎が二階から下りてきた。

「いやぁ、すみません。お花ちゃんと一緒になって、私までうっかり眠ってしまいました」

その言葉通り、頬にうっすらと畳の跡がついている。ぐずるお花につき添っているうちに、睡魔に襲われたようである。

「お花ちゃんは、落ち着きましたか」

「よく寝ていますよ。あれだけ泣けば、そりゃあ疲れるでしょう」

体が干上《ひあ》がってしまうのではないかと危ぶむほど、お花は長い間泣き続けた。俵屋に帰る前に熊吉が様子を見に行っても、お妙が生姜湯《しょうがゆ》を持って行ってやっても、いっこうに泣き止む気配を見せなかった。

そのぶん只次郎の胸元が、涙を吸って皺になっている。そういえばこの人は、お妙の涙が止まらなかったときも、朝まで抱きしめていてくれた。そんなことを思い出し、頬がいくぶん熱くなる。

お勝が思案げに、天井を見上げた。

「夕餉も食べずに、大丈夫かね」

「煎餅をたらふく食べていましたからね。まぁ腹が空《す》けば、起きてくるでしょう」

夜中に腹が空いてもいいように、握り飯を拵えておいてやろう。胡麻を混ぜたのと、味噌を塗ったの。お花はどちらも好きなはずだ。

「おや、ご隠居もまだいたんですか」

只次郎が、小上がりで待ちぼうけを食らっている御仁に目を向ける。ご隠居も壁に凭《もた》れかかっており、眠そうだ。

「ご挨拶《あいさつ》ですね」

「三文字屋さんは、本当に来るんですか」

「そのはずでしたが、もう諦めたほうがいいでしょうね」

そう言いながら、欠伸《あくび》を噛み殺す。足腰の丈夫な人だが、今夜は駕籠《かご》を呼んでやったほうがいいかもしれない。

「林様は、お腹は空いていませんか」

夕刻に食べてはいるが、そろそろ小腹の空くころだ。尋ねてみると、只次郎はご隠居の向かいに座りながら腹をさする。

「寝てしまったので、それほどでも。ですが、林檎煮を食べてみたいです」

お八つの林檎煮を、只次郎は食べ損《そこ》ねている。まだ林檎はあるから、あれならすぐにでも作れる。

「じゃあ、私にもそれを」

「アタシも」

ご隠居とお勝も、遠慮なく手を挙げた。

夜になり、外を吹く風は冷たい。熱々の林檎煮が恋しいのは、お妙も同じだ。それならばと、自分の分も作ることにした。

湯気の上がる林檎煮を箸でつまみ、ふうふうと吹き冷ます。歯を立てると甘酸っぱい汁がじゅっと滲み出て、口いっぱいに爽やかな香りが広がった。

「うん、旨い」

「あったまるね」

ご隠居とお勝も満足そうだ。食べるうちに、指先までぽかぽかと温まってくる。

只次郎もまた、目を細めた。

「ああこれは、お花ちゃんがなにを食べたか当てろと言うはずですね。よっぽど美味しかったんでしょう」

「そうでしょうか」

「ええ。あの子はお妙さんの料理が大好きですよ」

だといいのだが。実はお花が『ぜんや』に寝起きするようになって間もないころ、

「ここにいる間は、私をおっ母さんの代わりと思ってね」と言ったのだが、「お妙さんは、おっ母さんじゃない」と拒絶されている。

無理もない。だってお妙は只次郎のように、「お花ちゃんはそんな子じゃない」と庇《かば》ってやることができなかった。おかやを羨《うらや》む気持ちがあったのではないかと、ちらりとでも考えてしまったのだ。

大人に傷つけられた子は、思わぬところで歪みを見せることがある。お花にもそういうところがあるのではと疑い、信じてやることができなかった。どうして只次郎は

こんなにも、真っ向から人に尽くせるのだろう。

お妙に対しても、そうだ。一緒にはなれないと断ってからも、優しいまま。諦める気はないと言って、傍《そば》にいてくれる。

だが近ごろたまに、目が合うと気まずそうな顔をするようになった。なぜなのかと聞いてみたいが、怖くてとても聞けそうにない。こうやって少しずつ触れ合うこともなくなり、ただの知人に戻ってゆくのかもしれない。

「なんだかお花ちゃんをもう、お槇さんには返したくない気がします」

林檎煮を平らげて、只次郎が箸を置く。伏せた睫毛《まつげ》に、やりきれなさが漂っている。

人の親であるお勝も、「そうだねぇ」と同意した。

「いっそのこと、戻ってこなけりゃいいと思うよ」

「そうすりゃ、こっちで育てられますからね」と、ご隠居も頷く。

お妙はしかし、頭《かぶり》を振った。

「だけどお花ちゃんにとっては、あんな人でもおっ母さんですから」

替えのきかない、おっ母さんだ。お妙が旨いもので気を引こうとしても、敵《かな》わないのだと思い知った。ぶたれると分かっていても、腹いっぱい食べさせてもらえなくても、お槇が戻ればお花はやっぱり嬉しいのだろう。

「でもさ、生みの親より育ての親ともいうじゃないか。しばらく待って音沙汰《おとさた》がないようなら、アンタらの子にしちまいなよ」

「なに言ってるのよ、ねえさん」

お勝の言い分を、お妙は笑い飛ばす。

「私は決して、やぶさかではないんですけどね」

「林様まで」

只次郎と所帯を持って、お花を育てる。後家のまま、子を持てぬ人生だと決めてかかっていたお妙にとっては、まるで夢物語ではないか。

でもしょせん、夢は夢だ。せめて只次郎が武家でなければという、未練がましい思いには蓋《ふた》をする。

「本気なんですが」

「はいはい。器、片づけますね」

只次郎を軽くあしらって、空いた小鉢に手を伸ばす。

今夜はもう、客は来ないだろう。そろそろ店仕舞いの準備にかかろうか。

そんなことを考えていたら、ちょうど表の引き戸が開いた。提灯《ちょうちん》片手に入ってきたのは、ご隠居お待ちかねの三文字屋だった。

「すみませんねぇ、すっかり遅くなってしまいまして」

小上がりに落ち着いた三文字屋が、すまなそうに肩を縮める。心なしか、鼻の横のホクロも小さくなったように見える。

火を落とす前でよかった。お妙は燗をつけたちろりと、皿に盛り合わせたお菜をその膝先へ置いてやる。

「夕方までには出来上がるはずだったんですが、なんやかやと揉めましてね」

「おや、じゃあ仕上がらなかったんですか」

ご隠居が酌をしてやりながら尋ねる。なんの話だか分からないが、三文字屋は「いいえ」と首を振った。

「出来上がりましたよ、ほら」

そう言って、懐から紙の包みを取り出す。畳に置かれたそれを見て、お妙は一歩身を引いた。

反対に、身を乗り出したのは只次郎だ。

「おお、冬仕様の白粉《おしろい》包みですね」

「ええ。初摺《はつず》りに立ち会っていた絵師が、色が気に食わないと駄々をこねるものですから、とっぷり日が暮れてしまいました」

お妙の姿を写した、三文字屋の白粉包み。春の趣にはじまり、これで夏、秋、冬と揃った。二度と絵など描かせないと胸に誓《ちか》ったのに、絵師の勝川春朗《かつかわしゅんろう》が描き溜めた下絵を元に、意匠《いしょう》を描き起こしてしまったのだ。

冬の白粉包みは雪。傘を差したお妙は真っ白な小袖《こそで》に身を包んでいる。白い御高祖頭巾《おこそずきん》が花嫁の綿帽子のようにも見えて、面映《おもは》ゆい。春朗は、どんな思惑でこんな絵を描いたのだろう。

「綺麗《きれい》ですねぇ」

ご隠居は、これが見たくて待っていたのか。物好きにもほどがある。

「そんなわけですから、摺りたてです。どうぞお納めください」

あらためて三文字屋が、白粉包みを恭《うやうや》しく差し出してきた。お妙はしかたなく、それを受け取る。

「無理をなさらなくても、明日でもよかったのに」というのは、精一杯の皮肉だ。

三文字屋は意に介さず、にっこりと微笑《ほほえ》んだ。

「でも明日にはもう、店に並んでしまいますから。その前に、お妙さんに見ていただきたかったんです」

ならば明日からまた、若い娘さんたちに追い回される羽目になるのか。この白粉包みは評判がいいようで、新しいものが出るたびにお妙の顔をひと目見ようと集まってくる。数日で厭《あ》きてくれるからべつに害はないのだが、煩《わずら》わしさがつきまとう。

「いっそのこと、本人の握手つきでここで売るかい？」

だからお勝の冗談《じょうだん》は、少しも笑えない。お妙は「やめてちょうだい」と額を押さえた。

「それともう一点、今日中にお伝えしておきたかったことがありまして」

酒でちょっと唇を湿らせて、三文字屋が盃《さかずき》を置く。

この他に、まだなにか用事があるのか。ご隠居も聞かされていなかったようで、お妙と一緒に小首を傾げた。

「ただの思い過ごしかもしれませんから、お伝えするべきかどうか迷ったのですが」

前置きが長い。歯切れが悪いように感じられるのは、あまりいい報《しら》せではないからだろう。

「近江屋さんのことなんです」

やっぱりだ。お妙は白粉包みを懐に収め、その上からざわりと騒ぐ胸を押さえる。

今でも月に一度、お妙の料理を食べるよう課されている近江屋が、この上なにをしでかしたというのか。

　話を聞くのが躊躇《ためら》われるが、聞かずに済ますこともできない。お妙は首肯《しゅこう》し、先を促す。

「実は私、近江屋さんの金の流れを、その後も探らせておりまして」

　よく覚えている。善助殺しの疑いで近江屋を追い詰めようとしていたころ、三文字屋はたしかにその方面を探っていた。

　あれからすでに、二年近くが経っている。近江屋の背後にいるはずの黒幕の正体がうやむやになってからも、三文字屋は諦めず、密《ひそ》かに調べ続けていたというのか。

「ここまで時がかかったのは、近江屋さんも慎重を期していたからでしょう。ですが再来年あたりから、また日光東照宮の大修理があるそうでして。ここへきて、大きな金の動きがありました」

　利権を巡って、有力な後《うし》ろ盾《だて》に金を積む。そのくらいのことは、どこの大店《おおだな》もやっている。なにがなんでも利権を勝ち取りたい近江屋は、なりふり構わずその相手を料理屋でもてなしていたという。

　そこまで話して三文字屋は、もう一度盃に口をつけた。濡れた唇をぺろりと嘗《な》め、真剣な眼差しを向けてくる。

「ここから先は、聞きたくなければ黙っておきます。どうしましょうか」

動悸《どうき》がして、胸が苦しい。黒幕の正体には、深入りしないと決めていた。近江屋が言うように手出しの叶《かな》わない大物なら、知るだけ無駄だ。でも目の前にぶら下げられた真実を、知らずにいることができようか。

「お待ちください」

お妙はそう言い残し、表の戸を開けて外に出た。

火照《ほて》った顔に、冷たい風が吹きつける。頭の中がいくらかすっきりして、表に立てかけてあった看板障子《しょうじ》を取り込んだ。

元通りの戸を閉めて、念のため心張《しんば》り棒を支《か》う。これでもう、客がうっかり入ってきてしまうおそれはない。

お妙は小上がりに戻り、「どうぞ」と先を促した。

ふた親の死に、かかわっていたかもしれない人物だ。その名を聞いたところで、敵《かたき》が討てるとも思えない。それでもお妙は、息を詰めて三文字屋の口の動きに見入った。

「御留守居《おるすい》役の、岩本内膳正様です」

ご公儀のお役人などほとんど知らないが、その名前は記憶にあった。

「誰だい？」とお勝が顔をしかめる。

確認の意味も込めて、お妙は尋ねた。

「慈徳院様の、御尊父様ですね」

「その通りです」

慈徳院様は大奥勤めをしていたころに、一橋家の徳川民部卿に見初《みそ》められ、側室に上げられたことで有名だ。その父君の名も、巷《ちまた》によく聞こえている。

「慈徳院様といえばアナタ——」

ご隠居が目を剝《む》いて、只次郎の横顔を見遣る。

そうだ、奥に勤める只次郎の姪御《めいご》様が教えてくれた。慈徳院様の御部屋で、ルリオ調の鶯が鳴いていると。

前小十人頭《こじゅうにんがしら》の佐々木様から、黒幕に贈られたとみられる鶯だ。これで、繋《つな》がった。ついに繋がってしまった。

「確たる証拠はありませんが、偶然にしてはできすぎではありませんか」

三文字屋が、胸に仕舞っておけなかったのも無理はない。思い過ごしかもしれないと口では言いながら、そんなはずはないと感じているのだ。

それにしても、公方《くぼう》様の御祖父《おじい》様《さま》だとは。手も足も出なくて、いっそ清々《すがすが》しいほどである。

「教えてくださって、ありがとうございます」

思っていたよりも、感情は波立たなかった。憎しみなどというものは、身近な人間にしか抱けないのだろうか。善助を殺した近江屋のことは憎くてたまらないのに、顔も知らない岩本内膳正は、胸の中でどう始末をつければいいのかも分からなかった。

「どのみち、なにもできないことに変わりはありませんね」

お妙はこの場にいる四人と、自分自身に向けて言い聞かせる。

「そうだね。途方もないね」と、お勝。

「まさか、ここまでの大物とは」ご隠居も、額に浮き出た汗を拭っている。

只次郎だけが、じっと黙りこくったままだ。そういえば三文字屋が話す間も、ひと言も声を発していない。

心なしか、顔色が青ざめているようにも見える。どうしたのかと眺めていると、ふいに目が合った。

そのとたん、只次郎の顔が気まずそうに歪む。このところ、お妙を不安にさせていた表情だ。

てっきり只次郎の中で、お妙に向ける気持ちが変わりつつあるのだと思っていた。

だがそれが、まったくの誤《あやま》りだとすれば。

「もしかして林様は、ご存知だったんですか?」

恐る恐る、尋ねてみる。

只次郎は返事をする代わりに、申し訳なさそうに目を伏せた。

# 戻る場所

一

「もしかして林様は、ご存知《ぞんじ》だったんですか？」

顔色を窺《うかが》うような、お妙の眼差《まなざ》し。動揺を隠せなかったことは、只次郎自身も分かっていた。

まさか今でも三文字屋が、近江屋の身辺を探っていたとは。思いもよらぬことだった。

「どういうことです」

その場にいた菱屋のご隠居が、表情を硬くして詰め寄ってきた。洗いざらい、吐かされた。

春からずっと、もう一羽いるはずのルリオ調の鶯《うぐいす》を求めて動いていたこと。それを、鶯の糞買《ふんが》いに扮《ふん》して忍び込んだ一橋様の下屋敷で見つけてしまったこと。重蔵に近江屋の裏帳簿を探らせて、岩本内膳正との繋《つな》がりも承知していたこと。

「なるほど。それでは、真の黒幕は——」

三文字屋が腕を組む。その先は言わずに、口をつぐんだ。

真の黒幕は、徳川民部卿治済。公方《くぼう》様の、御尊父だ。おいそれと口にできる名ではない。

「細い伝手《つて》を辿《たど》っていったらその方に行きついたというだけで、動かぬ証拠があるわけでは。久世丹後守様ならばご存知かと思いまして――」

「まさか、確かめに行ったのかい？」

うつむきがちに打ち明ける只次郎を、遮《さえぎ》ったのはお勝だ。小上がりの脇《わき》に立ったまま、両手を強く握り合わせている。

只次郎は、首を横に振った。

「いいえ。それはまだ」

誰《だれ》のものともつかぬ、安堵《あんど》の息が洩《も》れ聞こえる。

忘れたふりをするか、今一歩踏み込むか。

久世丹後守様は、決して黒幕の正体を口にはしないだろう。それでもなんらかの反応は得られるはずだと踏んだものの、只次郎はけっきょく行動には移さなかった。

丹後守様の屋敷が見張られているらしいことは、過去に脅《おど》しを受けたこの身がよく知っている。一度目は家の前に汚物を撒《ま》かれ、二度目は通りすがりに腕を切られた。

これ以上踏み込めば、次は己だけでなく、丹後守様にも累《るい》が及ぶかもしれない。というのは言い訳で、やはり只次郎は恐ろしかったのだ。黒幕の正体を確かめたところで、なんになる。敵はあまりにも遠く、逆《さか》らったところで空の雲に向かって刀を振り回すようなもの。ちょっとした天の気まぐれで、その雲から雷《いかずち》が落ちてこないともかぎらない。

雷に打たれるのが、自分一人ならまだいいのだが――。

只次郎はそっと睫毛《まつげ》を持ち上げて、愛《いと》しい人の顔色を窺ってみる。お妙はお勝の隣に佇《たたず》んだまま、青ざめた頬《ほお》を震わせて、唇を強く嚙《か》み締めていた。

これはもはや、触れてはならぬ腫《は》れ物だ。触れたいのをじっと我慢《がまん》していればいずれ治まってゆくだろうが、触れてしまえばどんどん膿《うみ》が広がって、取り返しのつかぬことになる。

黒幕の正体は、これ以上追及しないこと。今日と変わらぬ明日を迎えるためにも、知ってしまったことは胸の内に畳《たた》んでおくこと。

その場にいた全員で話し合い、ほどなくして意見の一致を見た。言葉少なに頷《うなず》き合い、「では、私たちはそろそろ」と、ご隠居と三文字屋がそれぞれの家に帰って行った。

「さて、店は閉めちまったことだし、火を落とそうか」

お勝がそう言いながら、前掛けの紐《ひも》を締め直す。それをお妙が引き留めた。

「片づけは、私がしておくわ。ねえさんも、疲れたでしょう」

「まぁ、そりゃあね」

あんなことを聞かされちゃ。と言いつつ、お勝はお妙と只次郎を見比べる。それからちょっと肩をすくめて見せた。

「じゃ、お言葉に甘えて帰らせてもらうよ」

「ええ。気をつけて」

「はいはい」

先ほどから、お妙と少しも目が合わない。二人きりになるのがなんとなく気詰まりで、只次郎は「送って行きましょうか」と立ち上がる。その鼻先に、お勝の指が突きつけられた。

「いいや。アンタは、アンタの役割をまっとうしな」

それだけ言って、身を翻《ひるがえ》す。只次郎が「役割?」と呟《つぶや》きぽかんとしているうちに、お勝は表に出て、戸をぴしゃりと閉めてしまった。

とたんに店の中が、静まり返る。二階にお花がいるはずだが、よく寝ているのか、ことりとも物音がしない。銅壺《どうこ》の炭がぱちりと爆《は》ぜ、その音に只次郎は肩を震わせた。戸にもう一度心張《しんば》り棒を支《か》ってから、お妙がこちらを睨《にら》みつけてくる。怒りの念が体から、陽炎《かげろう》のごとく立ち昇っている。

「あの、お妙さん」

声をかけると、ずんずんと大股《おおまた》に近づいてきた。その白い手が、振り上げられる。

「あ、痛!」

そんなに痛くはなかったが、びっくりして声が出た。左の頬が、じわりと熱くなってくる。

まさかお妙に、ぶたれるとは思わなかった。呆然《ぼうぜん》として見返すと、澄《す》んだ瞳《ひとみ》には大粒の涙が浮かんでいた。

「どうして、勝手なことをするんですか!」

叫んだ拍子《ひょうし》にぽろぽろと、玻璃《はり》のような涙が頬にこぼれてゆく。さっきまで嚙《か》み締めていた唇に、くっきりと歯型が残っていた。

「黒幕の正体を暴かないと、決めたのは何度目です。私、これ以上犠牲を出したくないと言いましたよね。聞いていなかったんですか」

これほどまでに、怒りを露《あら》わにするお妙を見るのははじめてだ。お勝が言い残した「役割」とは、この怒りをしっかり受け止めろということだったか。只次郎は、ぼんやりと頬を撫《な》でた。

「ですが、三文字屋さんも懲《こ》りずに、近江屋さんの周りを探っていたわけですし」

「今は、三文字屋さんの話はしていません！」

「すみません」

お妙の剣幕に、言い返していいときではないのだと悟《さと》る。これは、簡単には許されないだろう。

「川開きの日に、腕を切られて怪我《けが》をしたのもそのせいですか」

「――はい」

「それでもあなたは、鶯を捜し続けたんですね」

「そういうことに、なりますね」

只次郎の返答を受けて、お妙が両手で顔を覆《おお》った。その隙間《すきま》から、深く長く、息を吐く。

「そうでした。あなたは私に隠し事をする人でした」

「いいえ、そんなことは――」

「ないとは言えないでしょう？」

そのとおりだ。又三殺しの下手人として、駄染《だぞ》め屋《や》が捕まったときもそうだった。只次郎にはお妙がなるべく傷つかぬよう、真実を覆い隠してしまう癖《くせ》がある。

「分かっていたはずなんですよ、そういう人だって。近ごろあなたの態度がおかしいことにも、うっすらと気づいていました。それなのに、私ったら」

只次郎にはもはや、言葉もない。黙っていると、お妙は子供のようにしゃくり上げ、先を続けた。

「あなたの本心を聞くのが、怖くなってしまって」

「お妙さん」

慎《つつし》みに欠《か》けるのかもしれないが、たまらぬ愛おしさが胸に込み上げてくる。その肩に手を伸ばすと、お妙は嫌々と身をよじった。

「すみません。もうしません。黒幕のことは、綺麗《きれい》さっぱり忘れます」

「嘘《うそ》です。信じません」

「信じてくれなくても、もう隠し事はしません」

只次郎の腕から逃れようとするお妙を、させじとばかりに抱きすくめる。

「嘘よ。嘘。嘘つき」

涙に濡《ぬ》れた手が胸を押し返してくる。その弱々しい抵抗ごと、腕の中に包み込む。お妙の息の熱さが、着物越しに伝わってきた。くぐもった嗚咽《おえつ》に交じり、恨み言が吐き出される。

「あなたまで死んでしまったら、私はどうしたらいいんですか」

ああ、愛おしい。そんなことを言われたら、たとえ墓場からでも戻ってきてしまいそうだ。

お妙が只次郎の身を案じ、こんなにも度を失っている。喪失《そうしつ》に耐えられないと、涙ながらに訴えてくる。

お妙の亡き良人《おっと》善助に、なぜこんな人を残して死んでしまったのかと、内心憤《いきどお》ったこともあった。あの男も、さぞかし無念だったろう。同じ痛みをもう二度と、味わわせたくはない。

只次郎はお妙の首筋に頬を寄せる。ほんのりと、果実のような甘い香りがする。

「大丈夫ですよ、死にません。ずっと傍《そば》にいます」

「そんなの、分からないじゃありませんか」

「だって私のほうが、若いですし」

「歳《とし》のことは、言わないでください」

とん、と小さな拳《こぶし》に胸を突かれた。拒絶に見せかけた媚態《びたい》だ。只次郎はますますお妙を抱く手に力を込める。

「そんなに心配なら、もう観念して夫婦《めおと》になりませんか」

「嫌です。嘘つきだもの」

「そこをなんとか」

「嫌ったら嫌！」

語気を荒らげ、お妙はまだ怒っているのだと主張してくる。けれども怒れば怒るほど、只次郎を好いていると言っているようなものだった。

黒幕の正体を追ってしまったのは、お妙のためというよりも、只次郎の好奇の虫が騒いだせいだ。ルリオ調の鶯という、自分にしか辿れない糸があるなら辿ってみようと思い立った。それがどれほど危険なことか、分かっているつもりで分かっていなかった。

もう、やめよう。お妙の涙を見ていたら、長生きしなければと思った。決して悲しませたくない相手がいればこそ、己の命も惜《お》しめるというものだ。

只次郎はやっと、本当に生きるべき場所を見出《みいだ》した気がした。

二

そんなことがあってから、なにごともなく日々は過ぎた。

お妙はその後三日ほどあまり口をきいてくれなかったが、長く続けられるものでもなく、次第《しだい》に態度を和《やわ》らげていった。

怒りが尾を引いていたというよりも、勢い任せの発言を恥じていたのだろう。そっぽを向いていても赤く染まった耳朶《じだ》が隠しきれておらず、そのいじらしさには胸が騒いだものだった。

黒幕のことは、綺麗さっぱり忘れてしまう。お妙への方便ではなく、只次郎は実際にそう心がけた。一人で抱え込んでいたときのように、思い悩むこともなくなった。

やはり只次郎には、重すぎる秘密だったのだ。その重さを皆が少しずつ持ち去ってくれ、お妙が秘密のままにしておくことを許してくれたから、心がすっと軽くなった。

過去よりも、先へ向かって足を進めてゆくことが大事だった。

お妙と共に、生きてゆく。そう決めたら、やるべきことが見えてきた。覚悟が必要だったのはお妙ではなく、只次郎のほうだったのだ。

「そういう体裁を、取るのであれば」と、幾度か働きかけた末に、兄の重正からは不承不承ながら了解を得た。

今や兄が、林家の当主である。その決定は、父母とて覆《くつがえ》せるものではない。

そりの合わぬ兄弟ではあったが、最後に我儘《わがまま》を聞き入れてくれたことに感謝して、只次郎は畳《たたみ》に手をつき、深く深く頭を下げた。


「へぇ。林様、武士をおやめになるんで？」

鶯の糞買いの源さんが、驚いたように胡麻《ごま》塩《しお》頭を撫でている。床几《しょうぎ》に並んで腰掛けていた只次郎は、ぬるすぎる酒を喉《のど》に流し込みながら「ええ」と頷いた。

下谷広小路の、屋台の煮売屋である。簡単な料理と、安い酒を出す店だ。まだ日は高いというのに人の出入りが多く、賑《にぎ》わっている。

「はぁ、それはそれは。そんな簡単にやめられるものなんですかい」

「しょせん私は次男坊ですからね。二十日以上かけて、兄を説得しましたよ」

これまでの只次郎は、間違っていた。お妙と一緒になりたいのなら、まずは町人になるのが先だった。お妙の返答次第で身分を捨てるかどうかが決まるなど、相手に背《せ》負《お》わせるものが重すぎる。そんなものは断られて当たり前だと、今なら分かる。

どのみち商《あきな》いで生きてゆくつもりなのだから、もっと早く決心してしまえばよかった。すっかり身軽になってから、もう一度お妙に申し込む。それが正しい順序だった。

「元から変わり者と思っていたが、思いきったことをするもんだ」

へらへらと笑いながら、源さんが煮すぎたねぎま鍋《なべ》に箸《はし》をのばす。醤油《しょうゆ》色に濃く染まった鮪《まぐろ》の身を、旨《うま》そうに頬張った。

「この先はアンタも、二の亥《い》まででは火鉢を使えないわけだね」

神無月《かんなづき》も、すでに半《なか》ば。炬燵《こたつ》や火鉢に火を入れるのは、この月の亥の日と決まっている。それが武家では初亥の日、町屋では二の亥の日となる。

昨日より今日、今日より明日と寒さが深まりゆく季節。手足がどれだけかじかんでも、定められた日までは我慢である。

今年の初亥の日は九日、二の亥は二十一日。町人はまだ我慢の最中だった。

だからなおさら、酒で体を温めようと煮売屋に客が来る。それを思えばもう少し、酒を熱くしてほしいものだ。ただでさえ、水増ししているらしいのだから。

「そうですね。なにかと勝手が変わってくるでしょうね」

生まれたときから武家の子だったから、いざ町人になってみると不便も出てくるかもしれない。武士だからこそ、許されてきたこともあろう。だがなにがあっても只次郎は、この選択を後悔《こうかい》することはないと思えた。

「ま、お花ちゃんを引き取るんなら、それでいいんだろうけどな」

源さんは首をすくめて、ぬるい酒をちびりちびりと飲んでいる。酒にありつけるだけでも御《おん》の字と、嬉《うれ》しそうに目を細めた。

「まだお花ちゃんの意向を聞いていませんから、なんとも言えませんけどね」

己の問題に片をつける以外に、やるべきことはもう一つ。お花の身の上をどうするかだ。

源さんによれば、お花の名は人別帳《にんべつちょう》に記録がないらしい。宗門人別改帳《しゅうもんにんべつあらためちょう》はその町村に住む家族ごとの名前や年齢、旦那寺《だんなでら》が記載された戸籍のようなものだ。それを移すことなく住み慣れた土地を離れれば、無宿扱いとなってしまう。

下谷山崎町には、農地を捨てて江戸に流れ込んできた元百姓《ひゃくしょう》や、不行跡《ふぎょうせき》を理由に親から勘当された町人といった、無宿人が多く住む。お槇もまた、そのうちの一人だったのだろう。

つまりお花は、生まれながらの無宿人。拾い子として届けたところで、誰からも文句は出まい。たとえお槇が後から名乗り出てきたとしても、母娘《おやこ》の証《あかし》となるものはなにもないのだ。

「それで、お槇さんはやはり」

「ああ。千住《せんじゅ》に移った屑拾《くずひろ》いの爺《じじい》が見たと言ってた。風体の悪い男と連れ立って、宿場を抜けてったそうだ」

それが、ふた月前のことである。千住は日光街道、奥州《おうしゅう》街道の第一の宿場町。どちらの街道を指して行ったか分からないが、源さんの話が本当ならばお槇は江戸を出たことになる。

「そのお爺《じい》さんは、お槇さんをよくご存知で？」

「まぁ、間違えやしないだろうな。客になったこともあろうから」

暮らし向きがよくなかったお槇は、二束三文で体を売っていた。屑拾いの爺さんも、世話になったことがあるのだろう。ならば、他人の空似ということはなさそうだ。

「分かりました。調べてくださってありがとうございます」

只次郎は礼を言い、源さんに小粒を握らせる。源さんはその手を目の高さに持ち上げて、「へへッ」と笑った。

「これでオイラも、炭が買えまさぁ」

お花を置いて姿をくらましてしまったお槇の行方《ゆくえ》を、源さんに追ってもらっていた。

不測の事態に巻き込まれたわけでなく、自分の足で江戸を出て行ったなら、お槇はやはり我が子を捨てたのだ。

だったら、なにを遠慮《えんりょ》することがあろう。あとはお花の気持ちだけ。九つの子供におっ母《か》さんはもう帰ってこないかもしれないと告《つ》げるのは酷《こく》すぎるから、しばらく時を待つつもりではあるが。

たとえば一年か、二年。お花が只次郎たちとの暮らしにすっかり慣れたころに、養《やしな》い子にならないかと切り出してみようと考えている。

「林様のような人が、面倒を見てくれるなら安心だ。これもお花ちゃんの運だなぁ」

源さんが熱い葱《ねぎ》を口に入れ、ほくほくと息を吐く。お花と只次郎が出会ったのは、ただの偶然だ。しかしこれも、なにかの縁だったのだろう。

「武士をやめて子供を養ってゆくんなら、ますます鶯商いに精を出さなきゃいけませんなぁ」

「まったくです」

黒幕捜しに躍起《やっき》になって目ぼしい家々を回ったせいで、実のところ鶯商いの客はずいぶん増えている。ことさらに張り切る必要はなさそうだが、只次郎はゆるゆると源さんに話を合わせておいた。

「そういやこないだ一橋様の下屋敷に行ったんだが、鶯の世話係が林様を覚えていましたぜ」

「おや、そうですか」

危うく顔をしかめそうになり、思い留《とど》まる。一橋家の下屋敷では、鶯の声を聞きたくて、わざと小銭を落としてときを稼《かせ》いだ。そのせいで、下手《へた》に記憶づけてしまったようだ。

「先日の見習いはどうしたと聞かれたんで、実はあれは鶯商いをなさってるお武家さんだと教えときましたよ。鳴きつけのご依頼があれば、いつでもどうぞってね」

喉の奥が引き攣《つ》れて、只次郎は激しく咳《せ》き込んだ。手にしていた盃《さかずき》を置き、袖《そで》で口元を覆う。

「大丈夫で？」

「すみません。酒に咽《む》せました」

咳《せき》が治ると、脇腹にぞくりと寒気が走った。

武士が鶯の糞買いに扮して忍んでくるなど、只事《ただごと》ではない。世話係はこの話を、屋敷の者にしただろうか。不審に思った近習《きんじゅ》が、当主の耳に入れてはいまいか。

只次郎がルリオ調の鶯を捜し回っていたことが、そしてついに捜し当てたことが、筒抜けになってしまったかもしれない。

そう考えて、いや、と首を振る。あれだけの大きな家だ。下屋敷の人の出入りなど、いちいち当主に告げるものか。家宰《かさい》の裁量で、どうにかするに違いない。そうであってほしい。

「それは、いつごろのことですか」

「五日か、六日ほど前だったか」

「そうですか」

只次郎は苦々しく笑う。ねぎま鍋はまだ残っているが、とても箸を取る気にはなれない。胸元に不安がわだかまり、息をするのさえ苦しかった。

「一橋様が、お得意先になってくれるといいな」

そんな只次郎の様子に気づくことなく、源さんが背中を叩《たた》いてくる。悪気など、微《み》塵《じん》もにじまぬ笑顔であった。

少しも酔えなかった頭で、これは弱ったと悩みつつ歩く。

まさか一橋様の耳には入るまいという楽観と、気楽に構えていていいのかという憂《うれ》いが交互に胸をよぎってゆく。

なにせ相手には、飛び回る蠅《はえ》を殺すより簡単に、只次郎を排除できる力があるのだ。

高を括《くく》っていると、痛い目を見ることになるかもしれない。

ここは慎重に、対策を講じておくべきだろう。どこから手を回したらいいか。下手につついて、眠れる獅子《しし》を起こす羽目《はめ》になっても困る。

下谷広小路から神田花房町代地までは、ほど近い。必死に考えを巡らせてみるが、なにも思いつかぬまま、『ぜんや』の前に着いてしまった。

さて、どうしたものか。お妙に対して隠し事はしないと誓《ちか》った手前、黙っておくのは気が引ける。だがいたずらに不安をあおるのも、本意ではない。

せめてなにかしらの、対策を思いついてから。只次郎は己にそう言い訳をして、ひとまず隣の『春告堂』に帰ろうと、爪先《つまさき》をそちらへと向けた。

「おや、林様。今お帰りですかい」

一歩を踏み出す前に、背後から声がかかる。首を巡らせてみると、通りの向こうから升川屋が近づいてくるところだった。

「ちょうどよかった、俺《おれ》も腹が減ってるんだ。ほら、入った入った」

「いえ、私はその」

只次郎の横に並ぶと、升川屋は人の話も聞かずに背中を押してくる。そのまま『ぜんや』の戸を開けたものだから、心構えもできずに店の中へ転がり込んでしまった。

おそらくもう、昼八つ半（午後三時）を過ぎたはず。りには菱屋のご隠居がいるのみだ。調理場で料理を盛りつけていたお妙が、見世棚越《みせだな》しに顔を上げた。

てっきり「おいでなさいませ」と、迎えられるものと思っていたのに。お妙は入ってきたのが只次郎と悟ると、なぜか心許《こころもと》なげに眉《まゆ》を寄せた。

様子がおかしいのは、なにもお妙だけではない。酒の入ったちろりを運ぶお勝も、小上がりのご隠居も、もの問いたげな目をこちらに向けている。

「お、なんだ。俺の顔になにかついてるか？」

升川屋が、つるりと己の頬を撫でる。お花と並んで床几に掛けていた熊吉が、「やっと帰ってきやがった」と勢いをつけて立ち上がった。その足取りは、なにやら浮かれているようだ。

妙に胸が騒ぐ。只次郎はつとめて冷静を装《よそお》い、尋《たず》ねた。

「なにかあったのかい」

「あったよ、大ありだ。明日、鶯指南の依頼が入ったよ」

そう言って、熊吉が懐《ふところ》から帳面を取り出す。仕事が入ると、すべてそこに書き留めることになっている。

鶯が本鳴きをしないこの季節、指南の依頼は減っているが、まったくないわけではない。鶯が急に餌《えさ》を食べなくなったとか、羽虫がついたとか、禿《は》げたとか、急を要する場合もある。

特に珍《めずら》しくもない事態に、熊吉はなにを興奮しているのか。いつもより高い声でまくし立ててきた。

「兄ちゃんも、捨てたもんじゃねぇな。まさか鶯指南の評判がこんなに広まってるなんてさ。オイラびっくりして、二度も名前を聞き直しちまった。失礼だったかな」

「なんだ、やけにもったいぶるじゃねぇか。いったい誰からの依頼なんだ」

升川屋が、小上がりへと向かいながら先を促《うなが》す。ご隠居たちの薄暗い表情には、まだ気づいていないようである。

「へへッ、聞いて驚くなよ」

熊吉はまだもったいをつける。帳面を頭の上に持ち上げ、ひらひらと振ってみせた。

「なんと御三卿《ごさんきょう》、一橋様だ！」

ああ、と唇の端から嘆息《たんそく》が洩れた。やはりそうかと、只次郎は目を瞑《つむ》る。

なんの対策も思いつかぬうちに、敵方に先回りをされてしまった。

一橋家の小者《こもの》が『ぜんや』を訪れたのは、昼八つ（午後二時）の鐘を聞く前だったという。『春告堂』への依頼だというので熊吉が用向きを尋ねたところ、明日の朝五つ（午前八時）ごろ、大久保の下屋敷まで鶯指南に来られたし、とのことであった。

一橋御門の上屋敷ならばここから近いが、わざわざ大久保まで呼びつけるのには、鶯がそこで飼われているからという以外に理由があるのだろうか。そんな危惧《きぐ》が胸をよぎる。ただの、邪推《じゃすい》であればいいのだが。

熊吉を俵屋に帰し、お花をおえんに預かってもらってから、なにも伝えていなかった升川屋にもこれまでの経緯《いきさつ》を話して聞かせた。

最後まで聞き終えて、升川屋は「なんだよ、また俺だけ除《の》け者かよ」と唇を尖《とが》らせたものである。

近江屋を追い詰めたときは、升川屋だけが蚊帳《かや》の外だった。そのことを、実は根に持っていたのだろう。

「この度は、俵屋さんと三河屋《みかわや》さんにもお知らせしていません。たしかな証拠があるわけではなかったので」

「ですがルリオ調の鶯を突き止められたと悟って、あちらは動きを見せたわけでしょう。これはもはや、黒ですよ」

ご隠居が、難しい顔をして腕を組む。膝先《ひざさき》には戻り鰹《がつお》の漬け込みと、百合根《ゆりね》の卵とじが並んでいるが、誰も箸を取ろうとしない。盃の酒も、ひと口啜《すす》っただけで冷めてゆく。

「相手が大きけりゃなおさら、なにも知らずにいるのは危ないんじゃねぇか。俺たちゃ、又三殺しのころからこの因縁《いんねん》に関《かか》わっちまってるんだ。そのことは、あちらさんもご存知だろ」

升川屋の言うとおりだ。敵の矢が飛んでくると分かっていれば防ぎようもあるが、不意打ちでは命を取られかねない。現に油断したせいで、只次郎は窮地《きゅうち》に立たされている。

「すぐに旦那たちを集めて、皆で知恵を出し合ってさ。なんとか明日、行かなくてもいいようにはできないもんかい」

お勝が小上がりの縁《へり》に腰を掛け、こめかみを揉《も》む。自分でも考えているが、これといった策が思い浮かばないのだろう。

盃を手に取り、只次郎はぬるくなった酒で唇を湿らせる。

明日、一橋家の下屋敷に赴《おもむ》かなくてもいいのなら、どんなにか気安《きやす》だろう。町人になれる目処《めど》がつき、いよいよこれから新たな人生がはじまろうというときだ。どんな罠《わな》が待ち構えているか分からない場所に、のこのこと出かけて行きたくはない。

けれどもと、只次郎は盃の表面が揺れるのを眺める。この酒を一気に干すのも、捨てるのも、このまま置いておくのも自分次第。一橋民部卿様は、他者をそんなふうに扱えるお方だ。

「俵屋さんと、三河屋さんに事情をお話しするのはともかく。明日は、依頼どおりに伺いますよ」

「林様!」

土間に立つお妙が、非難めいた声を上げた。血の気の引いた頬が、不安に張り詰めている。

只次郎はそちらに向かって、「大丈夫ですよ」と微笑《ほほえ》みかけた。

「私が邪魔なら、ごろつきでも雇《やと》って襲わせてしまえばいいんです。そうではなくわざわざ呼びつけてくださったからには、なにかしらの目的があるのでしょう」

「でも、なにごともなく帰ってこられるかどうか」

「帰ってきますよ」

根拠はないが、声が震えぬよう気をつけて、言いきった。只次郎自身が、必ず帰れると信じていたかった。

旦那衆を集めて知恵を出し合ったところで、民部卿が来いと言うなら行かねばならない。権力者とはそういうものだ。その言いつけに従わぬ者が、すなわち悪となる。

「案外本当に、鶯指南が目的なのかもしれませんしね」

まさか、そんなはずはあるまい。承知の上で、あえて気休めを口にする。

本当は、皆分かっているのだ。大店《おおだな》の主《あるじ》といえど、あちらから見れば吹けば飛ぶ身。民部卿からの依頼を、突っぱねることなどできはしない。

升川屋が言うように、『ぜんや』も常連の旦那衆も、すでに目をつけられている。只次郎が求めに応じねば、反逆の意志ありと見做《みな》されてもしょうがない。

「どうにか、口八丁で切り抜けてみせますよ」

なんとも心許ないが、只次郎の武器はそれだけだ。

誰も言葉を見つけられずに、黙りこくる。お妙は只次郎を睨みながら、今にも泣きだしそうに顔をしかめた。

三

日の出前に起きだして、顔を洗う。

井戸端に立って見上げると、東の空が白々と明け初めている。今日はいい天気になりそうだと、只次郎はほとんど眠れなかった目を細めた。

願わくば、これが最後に迎える朝とならざらんことを。

そんな祈りを唱《とな》えつつ、手拭《てぬぐ》いを肩にかける。人の気配に振り返ると、お花がどぶ板を踏んで近づいてくるところだった。

「お花ちゃん、おはよう」

声をかけると、小さな声で「おはよう」と返ってくる。

「朝餉《あさげ》はもう、用意できていますって」

さっき起きたばかりなのだろう。お花は眠そうに目をこすりながら、お妙からの伝言を口にした。

大久保の下屋敷までは、ここから歩いて一刻《とき》(二時間)足らず。早く起きたが、あまりのんびりはしていられない。

「ありがとう。でも——」

どうも、食べられる気がしない。昨夜もろくに食べていないから腹は減っているはずなのだが、空腹を感じられないばかりか胸が悪い。

しかしお花は、細い首を横に振った。

「駄目。ちゃんと召し上がってくださいって」

朝餉を断るのを見越して、伝言で先回りされてしまった。お花が「ほら」と、袖を引く。

「分かった、食べるよ」

これはもう、降参だ。只次郎はお花の手を取り、『ぜんや』の勝手口へと歩を進める。

「今日は、早く帰ってきてね」

そう言って、お花がキュッと手を握り返してきた。

昨晩の話し合いの間は、「おかやちゃんの顔を見ておいで」とおえんの元へ遣《や》ったから、只次郎が危地に向かわんとしていることなど知らぬはずだ。それでも子供は明《めい》敏《びん》で、大人たちの様子がおかしいと気づいてしまう。

お花は特に、毎日のように母親にぶたれていたのだ。人の顔色を読むことに、長《た》けているはずだった。

そんな境遇で育ったこの子を、できるかぎり幸せにしてやりたい。若輩者《じゃくはいもの》にはおこがましい願いかもしれないが、そう思う。これまで生きてきた中で今が一番、己の命が惜しかった。

只次郎は空《あ》いたほうの手でそっと、着物の上から胸元を押さえた。

まだ夜も明けきらぬというのに、お妙はすでに身支度《みじたく》を整えていた。むしろいつもより、白粉《おしろい》が厚いようだ。只次郎に、顔色を悟らせないためだろうか。目が少し赤くなっており、こちらもあまり眠れてはいないようだった。

「おはようございます」と互いに挨拶《あいさつ》を交《か》わし、どちらからともなく目を逸《そ》らす。お妙は本心ではきっと、只次郎を引き留めたがっている。だが行かねばならぬわけも承知しており、その気持ちの間で揺れているのだ。

そうと分かっていて、不安を取り除いてやれないのだから不甲斐《ふがい》ない。

「あたしは、もう少し寝る」

重々しい気配を察してか、お花が大袈裟《おおげさ》に欠伸《あくび》をして見せた。

「ごめんなさい。朝早くからごそごそして、起こしてしまったわね」

詫《わ》びるお妙に「いいの」と首を振り、お花は二階の内所《ないしょ》へと引き上げてゆく。

「気を遣わせてしまいましたね」

「ええ、本当に。人の心情に聡《さと》い子で」

互いに苦笑し合ったお蔭《かげ》で、よけいな強張《こわば》りは取り除かれた。お妙が「どうぞ」と床几を勧《すす》めてくる。

「昨夜は食が進んでいませんでしたから、朝餉はしっかりと召し上がってください」

「でも私、食い気はそれほど」

「そう思いまして、喉に通りやすいものにしてあります」

食が細っていることなど、お見通しというわけか。観念して床几に座り待っていると、ほどなくしてお妙が折敷《おしき》を運んできた。

載っているのは大振りの飯碗《めしわん》と、小さな土瓶。膝先に置かれたのを覗《のぞ》き込み、只次郎は食い気がないのも忘れて「おお」と声を上げた。

こんもりと盛られた飯に、昨夜の残りの鰹がたっぷりとあしらわれている。醤油と酒に漬け込まれ、味わいを深くした戻り鰹だ。昔から鰹は「勝つ」に通ずる縁起物である。

「戻り鰹は脂《あぶら》が多くて悪くなりやすいですから、漬け込みにしておいてよかったです」

お妙はさらに土瓶を取り上げて、中身を飯碗へと注いだ。ふわりと立ち昇るこの香りは、鰹出汁《だし》だ。薬味は海苔《のり》と山葵《わさび》と葱、そこにぱらりと胡麻《ごま》を振る。

「鰹茶漬けですか」

これならば、たしかにさらさらと搔《か》き込める。熱々の出汁に蒸されて鰹の色が変わるのを眺めていたら、口の中に唾《つば》が湧《わ》いてきた。

「いただきます」と、吸い寄せられるように箸を取る。香り高い出汁をひと口啜ると、体が急に空腹を思い出した。

「ああ、染《し》み渡る」

じわりと手足が温まってくる。出汁は薄味でも、鰹にしっかりと味が入っているから充分だ。表面にだけ熱が入り、中はねっとりとした舌触り。漬け込みの汁におろし生姜《しょうが》が入っているらしく、鰹特有の生臭さは感じられない。

「旨《うま》いなぁ」

しみじみと、呟いていた。こんな旨いものを食べてしまったら、心身共に満たされて生への執着《しゅうちゃく》までなくなりそうだ。

これではいけない。飯粒一つ残さず平らげて、只次郎は飯碗を置く。

「お代《か》わりは？」

「いいえ。ご馳走様《ちそうさま》です」

お妙の問いに首を振り、折敷をいったん脇へよけた。

「あの、お妙さんもどうぞ座ってください」

隣に並ぶよう求められ、お妙は「はぁ」と不審の目を向けてくる。只次郎はその眼差しを正面から受け止めて、頰を引き締めた。

「あまり時がないので手短になりますが、お妙さんにお話ししておきたいことがあります」

さて、なにから話せばいいだろうか。

胸元に手を置き、只次郎はしばし考える。

だが、明け六つ（午前六時）ごろには家を出なければならないのだ。悩んでいる暇《いとま》はなく、単刀直入に切り出した。

「唐突ですが、私は先日から、町人になる段取りを整えておりました」

「えっ！」

隣に座るお妙が、これでもかと目を見開く。よほどびっくりしたのか、声が上擦《うわず》っている。

「まさか。そんなこと、ご実家が許さないでしょう」

「いいえ。もう話はついています」

「だけど、御母堂様が」

「今の当主は兄ですから。何度か話し合いをして、承諾《しょうだく》してもらいました」

当主が父のままであれば、許しは出なかったかもしれない。父は只次郎が勝手に家を出たことに怒り続けており、実家を訪ねても隠居所となった離れに籠《こも》って顔も見せない。そしてその怒りゆえに、只次郎を身分に縛《しば》りつけておこうとしただろう。

一方兄の重正は、武士に向かぬ弟のことなど、半ば諦《あきら》めてくれていた。

「でもそんな、簡単なことではないでしょう」

「簡単ですよ。武家にとって、なにより大事なのは体裁です。その点では、菱屋のご隠居にお力添えをいただきました」

ただ町人になると言ったのでは、許されるはずがない。そこでご隠居に、名目上は菱屋の養子ということにしてもらえまいかと頼んでみた。その結果、快諾であった。

次男坊が家を出て浪人暮らしをしているよりは、商家へ養子に出したとしたほうが林家の面目《めんぼく》は保たれる。ましてや菱屋は江戸でも指折りの大店だ。商人を下に見がちな武士でも、この待遇《たいぐう》は羨《うらや》ましかろう。

家名に泥《どろ》を塗りたくなくば、養子の件を受け入れるのが利口《りこう》である。そういった主旨を遠回しな言葉で説《と》いてみせ、ようやく重正に「そういう体裁を、取るのであれば」と、首を縦に振らせたのだった。

これまで実家に入れていた仕送りを、止めるつもりはないと請《う》け合ったのも大きかったに違いない。あとはもう、諸々《もろもろ》の手続きを待つばかりだった。

「そうやって、お兄様を言いくるめてしまったんですね」

ことの顚末《てんまつ》を聞かされて、お妙が呆《あき》れたように息をつく。言いくるめたとは人聞きが悪いが、あの兄ならば説き伏せられるという自信があったことは否《いな》めない。なにしろ兄より只次郎のほうが、圧倒的に弁が立つ。

「どうして、町人になど」

「この先の私の人生は、そのほうが生きやすいと思ったからです」

「ご隠居からは、なにも聞いていませんよ」

「私から話をするので、それまではと伝えてありました」

只次郎が、町人になる。その事実を受け止めきれないのか、お妙は批難めいた口調で問うてくる。

だが今は、お妙が納得してくれるのを待つ余裕はない。

「私の新たな門出《かどで》を、喜んではくれませんか」

微笑みかけると、お妙はハッと息を吞《の》んだ。「いいえ、そんな」と首を振る。

分かっている。お妙は只次郎のこれからを、案じてくれているだけなのだ。あまりにも浮かない顔つきをしているから、つい意地の悪い問いかたをしてしまった。

「ただ本当に、身分を捨ててしまっていいものかと」

「私がいいと言っているんですから、いいんです。むしろ、この先が楽しみでなりませんよ。ですから必ず、帰ってきます」

そう言いながら、懐の中をまさぐる。さっきから着物越しにたしかめていた、木箱の角が指先に触れる。その箱を握りしめ、お妙の前に差し出した。

「それまでどうか、これを預かっていてくれませんか」

「これは――」

夏の暑い盛りに、お妙のために買った瑪瑙《めのう》の玉簪《たまかんざし》だ。一緒になってくださいと言い添えても受け取ってもらえずに、今まで行き場をなくしていた。晴れて町人の身になれた暁《あかつき》には、再び申し込むつもりだった。

只次郎は蓋《ふた》も取らずに、細長い木箱を床几に置く。お妙はそれを見下ろして、膝の上で手を握り合わせた。

「必ず、ですか」

「はい」

「必ずここに、帰ってきてくださるんですね」

そのつもりだった。たとえ魂《たましい》だけになろうとも、お妙の元に帰ってくる。ここだけが、只次郎のいたい場所だった。

「もちろんです」

頷き返すと、お妙はゆっくりと手を伸ばし、木箱を取り上げる。それを大事そうに膝に置き、うつむいたまま声を震わせた。

「待っていますから」

お妙の白い手の甲に、涙の粒がぽつりと落ちる。

後《うし》ろ髪を引かれながら、只次郎は「行ってまいります」と立ち上がった。

四

富士を模した築山《つきやま》に、雀《すずめ》が群れ遊ぶのを眺める。

高台に上れば江戸市中からでも富士の山はくっきりと拝《おが》めるのに、権力者というのはなぜこんなものを庭に作ってしまうのか。そんな何周目になるか分からぬ問いを、頭の中で転がした。

着物を黒紋付きに改めて、只次郎は約束の朝五つより前に大久保の下屋敷にたどり着いた。それからずっと、控《ひか》えの間で待たされている。

もうそろそろ、一刻は経《た》つのではないだろうか。張り詰めていた気持ちが弛《ゆる》み、端《たん》然《ぜん》と座っているのも疲れてきた。

そうやって、油断を誘うのが狙《ねら》いだろうか。それとも只次郎のごとき小輩《しょうはい》など、いくら待たせても構わないと思っているのか。

偽物《にせもの》の富士を眺めるのにも厭《あ》いたが、それ以外にすることがない。侮《あなど》られたもので控えの間には火鉢が出ておらず、じっと座っていると冷えるのだが、縁側に面した障《しょう》子《じ》を閉めることもできずにいる。

もしやこのまま、夜まで捨て置かれるのではないか。

そんな不安が胸に兆《きざ》しはじめたころ、案内の者がやっと姿を現した。

表座敷に通されて、さらに待つ。

幸いにもこちらには火鉢が置かれており、静けさの中に時折、炭がぱちりと爆ぜる音がする。

しばらくするといつか見た鶯の世話係が、三つの籠《こ》桶《おけ》を運んできた。どれも黒漆《くろうるし》塗りに蒔絵《まきえ》が施《ほどこ》された豪華なものだ。籠桶を置いて下がる前に、世話係は只次郎の顔をじろじろと見て行った。

なにも知らない源さんに、口止めをしておかなかったのが失敗のもとだ。世話係もまた律儀《りちぎ》に、上役に報告したのだろう。変わった男もいるものだと、聞き流してくれればよかったものを。なにごとも一人で判断せぬよう、教育が行き届いているのかもしれない。

それからほどなくして、縁側を踏んで近づいてくる足音が聞こえてきた。先ほどの世話係とは、足運びがまるで違う。みしりと軋《きし》む縁の音に、ばらつきがない。

この相手は、油断がならない。そう思い頬を引き締めていると、部屋の障子がするりと開いた。

入ってきた男に対し、只次郎は慌てて平伏する。男は部屋を横切って、あたりまえのように床の間《とこのま》を背負って座った。

体は冷えていたはずなのに、じわりと脇に汗がにじむ。頭を下げたまま、金縛りに遭《あ》ったようになっていた。男が姿を見せたとたん、頭より先に体が反応したのだ。早く畳に這《は》いつくばれと。

まだ相手の顔すら見ていない。それなのに、周りの空気が急に重くなったような心地がした。

「そちが、鶯の名人と評判の者だな」

意外にも、声が高い。只次郎は、「は」と短く応答する。

「よい。面《おもて》を上げよ」

許しが出ても、背中がやけに強張っていた。それでもどうにか、上体を起こす。

正面に座しているのは、不惑《ふわく》前後と思《おぼ》しき男だ。眉の下がった柔和《にゅうわ》な面持《おもも》ちながら、口元に意志の強さが窺える。お召《めし》の小袖と羽織に、緞子《どんす》の袴《はかま》。あしらわれている紋は、丸に三つ葵《あおい》。この家紋を背負える者は、世間広しといえどかぎられている。

たしかに一橋家の下屋敷に呼ばれて来た。だがまさか、当主が直々にお出ましになるとは思いもよらなかった。

徳川民部卿治済。八代将軍吉宗公の御孫で、御三卿の一人。自分でも、その自覚があるのだろう。凄《すさ》まじいまでの威厳を放っている。

腹の底に力を込めて、身が震えそうになるのを堪《こら》えた。特に体格がいいわけでもないのに、相手がやけに大きく見える。それとも自分の体が、小さく縮んでいっているのか。そんな錯覚《さっかく》にとらわれて、頭の中が混乱する。

「噂《うわさ》は以前から耳にしておった。一度、会ってみたいと思っておったのじゃ」

それはいったい、どんな噂だ。笑みをたたえた民部卿の瞳の奥に、狡猾《こうかつ》な光が窺える。佐々木様や近江屋といった、今まで出会ってきた小悪党とはものが違う。

いけない、呑まれるな。只次郎は恭《うやうや》しく畳に手をつき、声を振り絞る。

「ありがたき仕合《しあわ》せに存じます」

只次郎と民部卿の間には、三つの籠桶が置かれている。そのうちのいずれかより、チチチと鶯の地鳴きが聞こえた。

「もそっと寄れ」と手招きされ、只次郎は籠桶の前まで膝行《しっこう》する。

「さっそくじゃが、鶯の様子を見てはくれぬか」

「かしこまりましてございます」

情けないことに、手のひらが汗だくになっている。目立たぬよう袴で拭《ぬぐ》ってから、只次郎は籠桶についている障子窓をそっと開く。

三羽とも、秋口に羽が生え変わる「とや」を無事乗り越えたようだ。紫檀《したん》と思われる止まり木の上を、ちょんちょんと飛び跳ねている。

「よくお世話をなされていますね。嘴《くちばし》の色がよく、足も荒れておりません」

「そうじゃろう。鶯が病にでもなれば、世話係は腹を切らねばならぬからの」

まさか、それしきのことで。思わずごくりと、喉が鳴る。

その様を見て、民部卿がにやりと笑った。

「冗談《じょうだん》じゃ。そのつもりで励《はげ》めということよ」

そうは言っても、なにかしらの咎《とが》めはあるのだろう。だからこそ世話係は、些細《ささい》なことも胸に仕舞わず上に相談する癖がついているのだ。

「ときに鶯の名人ともなれば、鳴き声を聴き分けることもできるかの」

ひやりとした刃《やいば》が、肉に食い込んでくる。そんな心地のする問いだった。いよいよ探りを入れてきたかと、只次郎は唇を舐《な》めて湿らせる。

五体満足でお妙のもとに帰るには、どう答えるのが正しいのか。否と答えても、只次郎が鶯の鳴き合わせの品評に関わっていることが耳に入っていれば、たちまち嘘と見抜かれる。

必死に頭を働かせつつ、只次郎は「ええ」と頷いた。

「ですがさすがに、地鳴きは区別がつきませぬ。盛《さか》んに本鳴きをする、春でなければ」

只次郎が鶯の糞買いに扮して、この下屋敷に忍んできたのは盆入り前。鶯が本鳴きをやめる頃《ころ》おいである。普段上屋敷で過ごしているであろう民部卿は、鶯たちがいつごろ鳴きやんだか知らぬはず。疑いをかけられても、思い違いではないかと言い張ればよい。

「ほほう、なるほどの」

民部卿は、存外あっさりと引き下がる。

「それは残念じゃ。そのうちの一羽はずいぶんいい喉をしているのだが、鳴かなければ区別もつかぬ」

「まさに。私も自分で飼っている鳥以外は、見分けがつきませぬ」

「つまらぬの。そうじゃ、そちが今すぐ鳴かせてみるがよい」

なにを言いだすかと思えば。民部卿は、閃《ひらめ》いたとばかりに目を輝かせている。

「いえ、それは」

「できぬのか。名人であろう」

柔和な頬がにやりと歪《ゆが》んだ。世間知らずの殿様ではない。無理を承知の笑みである。

只次郎は、どうやら弄《もてあそ》ばれている。取るに足《た》らぬ者に冷や汗をかかせて、喜んでいるのだ。

そういうことならばと、肝《きも》が据《す》わった。只次郎は、「かしこまりました」と居住まいを正す。

「しからば今すぐ、季節を春にしてくださいませ。さすれば私が、鶯を見事鳴かせてご覧に入れましょう」

そう言って口を閉ざしたとたん、沈黙がしんと間に落ちてきた。

民部卿が、これといった表情もなくこちらを見ている。只次郎は、怯《ひる》むことなくその目を見返した。

「ふっ」やがて民部卿が、短く息を吐き出した。それを皮切りに、天を仰《あお》いで笑いだす。

高貴なお方の笑いのツボは、よく分からない。そこまで面白くはなかろうと呆れるほど、民部卿は長い間笑い続けた。

「そちは、おかしな男だの。こんなに笑ったのは久しぶりじゃ」

「お褒《ほ》めに与《あずか》り、恐悦至極《きょうえつしごく》にございます」

「家はたしか、小十人《こじゅうにん》格だったか。どうじゃそちを、小姓《こしょう》に取り立ててやってもよいぞ」

「お戯《たわむ》れを」

林家の家格を持ち出され、心の臓がどくりと跳ねる。身元の調べはついているぞという脅しだ。それでも只次郎は、平静を装った。

「それに私はすでに、商家へ養子に出ることが決まっております」

「そうか。つまらぬ」

民部卿の面《おもて》に、憂いの紗《しゃ》がかかる。返答を誤ったかと気を揉んだところで、それ以外に答えようもない。

様子を窺っていると民部卿は、重苦しい溜《た》め息《いき》を一つ零《こぼ》した。

「まさかこの儂《わし》が、鶯の鳴く春を心待ちにするようになるとはの。落ちたものよ」

それのなにが悪いのか、只次郎には分からない。だがここは一応、相手を持ち上げておくべきか。

「なにをおっしゃいますやら。一橋様ともあろうお方が」

「それよ」

民部卿が、帯に挟んであった扇子《せんす》を抜いて只次郎を指す。

「御三卿一橋家。その生まれからして、つまらぬ」

なにを血迷ったことを言いだしたのか。反応に困っていると、民部卿は首を傾《かし》げてみせた。

「のう、御三卿の役割とはなんじゃ？」

「将軍家にお子のないときに、継嗣《けいし》を出すことにございます」

「そう、いわば予備の子種じゃ。御三家のように藩は持たず、政《まつりごと》に関わることもない。十万石の賄料《まかないりょう》を与えられ、生かされているだけよ」

民部卿の薄暗い目に、引きずり込まれそうになる。期待されるのは、血筋だけ。比べるのもおこがましいほど境遇の差は大きいが、武家の次男坊に生まれた只次郎も、兄になにかあった際の予備だった。

つまらぬ生まれだと言いたくなる気持ちは、少し分かる。ましてや御三卿は身分が高い。諸々にかしずかれはするが、実権を持てぬ辛《つら》さはいかばかりであろう。

「しかも儂は、四男だった。当然他家へ養子に出されるものと思っていたら、兄たちが出されて当主の座が転がり込んできた。本当は大名家の養子になって、政に手を染めてみたかったのにじゃ」

恵まれた境遇であっても、いやだからこそ、心の赴くままには生きられぬ。体の中に流れる血が、個の存在よりもはるかに強い。

「家督《かとく》を継《つ》いでからはもはや、生きながら死んでいるような気分で過ごしておった。だがの、側室が身籠《みごも》ったと知ったときに、ふと思ったのじゃ。将軍の座に就《つ》ける血筋だというのなら、ここは一つ狙ってみようとな」

只次郎が今見つめているのは、民部卿の目なのか、それともぽっかりと口を開けた巨大な虚《うろ》の入り口なのか。

その向こう側から自分にそっくりな男が見返してきそうな気がして、只次郎はぎゅっと袴を握りしめた。

呑まれるなと、もう一度胸に唱える。

己の才を存分に振るえぬ境遇に生まれ、そこから逃れることもできずに歪んでゆく。そんな気持ちが理解できてしまったとしても、この男がしてきたことに同情の余地はないのだ。

決して深刻ぶってはいけない。只次郎は、とっさに追従笑《ついしょう》いを浮かべた。

「さすがは一橋様。狙ったとて、成し遂《と》げられるものではございますまい。それを現《うつつ》になさったわけですから」

「楽しかったのじゃ」

民部卿が、昔を懐かしむように笑う。虚のようだった目が、しだいに輝きを放ちはじめる。

「使えそうな者に近づいて餌《えさ》をやり、肥《こ》えすぎれば削《そ》ぎ、邪魔になれば切り捨てる。その匙《さじ》加減を少しでも間違えば、転げ落ちるのは儂かもしれぬ。やるかやられるかという恐怖が、快《こころよ》くての。あのときほど、己の生を感じられたことはない」

まるで子供のように、邪気なく「楽しかった」と語る。その歪《いびつ》さに、只次郎は寒気を覚えた。

「それは、故田沼主殿頭様のことで?」

「ああ、そうじゃの。あやつほど手強《てごわ》かった敵はない。取り除いた後も遺志を継ぐ者が多くいて、苦労させられたものじゃ」

主殿頭を失脚させたのは自分だと、民部卿はあっさり認めた。その事実が公になったところで、もはや地位を脅《おびや》かす者はない。御三卿の一人で、将軍実父。望みどおりの高みにまで、昇り詰めてしまったのだから。

「それだけに、今はつまらぬ。御三卿には持てぬとされておった実権を握ってもみたが、あのころの胸の高鳴りにはほど遠い。春に鶯が鳴くのを楽しみにするような、爺になり下がってしもうたわ」

それで、鶯の話に繋がるわけか。花鳥風月を愛《め》でるよりも、権謀術数《けんぼうじゅつすう》を巡らせていたほうがよかったとは、この男はやはり常軌《じょうき》を逸《いっ》している。

「一橋様は、命のやり取りをなさりたかったのですね」

「ああ、そうかもしれぬ。そちのことも気になって呼んではみたが、小さいの。とても敵にならぬわ」

そのように断じてくれたのなら、願ったり。「そのとおりにございます」と平伏して、暇乞《いとまご》いをするのが利口である。お妙にも、必ず帰ると言ってきたのだから。

それなのに只次郎は、挑むような問いかけを口にしていた。

「ですがこれまで、取るに足りぬ小さき者をずいぶん踏み潰《つぶ》してこられたのでは？」

「それは仕方のないことじゃ。足元の塵《ちり》をいちいち気にして歩く者はおらぬだろう」

「塵」と、只次郎は口の中だけで呟いた。

お妙のふた親、良人の善助、鶯の糞買いの又三。彼らは皆、民部卿が知らず知らずのうちに蹴散らしてしまった塵にすぎなかったのか。

彼らの人生は鶯が鳴くのを喜ぶような、些細《ささい》なことに彩《いろど》られていたかもしれない。だがそれは、つまらぬことでは決してない。

無難にこの場を切り抜けて、早く帰らねばと思う。だが胸に突き上げてきたのは、怒りだった。

畏《おそ》れ多くも将軍実父。だがこの泰平の世に、武士などなにも生み出さぬではないか。たとえば着物一枚にしても、民部卿が塵同然と見做《みな》す者たちが蚕《かいこ》を育て、糸を紡《つむ》ぎ、染めて織って布にする。その働きがなければ裸《はだか》でいるしかないというのに、武士は彼らの暮らし向きをよくしてやろうとは考えず、頭を押さえつけてばかりいる。

なんという驕《おご》り。なんという身勝手。それほど命のやり取りが好きと言うなら、今すぐ奪って差し上げようか。

長刀は案内の者に預けてしまったが、脇差なら腰にある。ここから大きく踏み込んで首を切るには、三歩半か。次の間に家臣が控えているはずだから、たちまち報復に遭《あ》うだろうが、刺し違える覚悟さえあればできる。

しかしその覚悟が固まる前に、民部卿が己の懐に手を入れた。

「なにしろ身内に、心配性がおるのだ。他愛のないことを調べては、儂の耳に入れてくる。たとえば、ほれ」

身内というのは、舅《しゅうと》である岩本内膳正のことか。なにが出てくるかと思えば、民部卿は平べったい紙包みを取り出し、こちらに投げて寄越《よこ》した。

包みは只次郎の膝先から八寸（約二四センチ）ばかりのところに落ちた。前のめりになって覗き込み、思わず「うっ」と呻《うめ》く。

「このごろ市井《しせい》で評判の、白粉《おしろい》包みらしいの」

そのとおり。三文字屋から出ている、冬仕様の白粉だ。真っ白な雪の中に、傘《かさ》を差して佇《たたず》むお妙が描かれている。

「それからそちに、愛らしい姪御《めいご》がいることも知っておる」

これまた、思わせぶりな言い回しだ。きっと姪のお栄が奥勤めをしていることも、承知しているに違いない。よかれと思って奥に上げたが、これではまるで人質である。

たしかに、小さい。只次郎など、まるっきり相手にならぬ。手持ちの札をたった二枚出されただけで、身動きが取れなくなってしまった。

「心配性が先走らぬよう、儂が手綱《たづな》を引き締めているのじゃが。ふとした拍子に、弛んでしまうかもしれぬ」

民部卿が立ち上がり、ゆらりと近づいてくる。驚愕《きょうがく》のあまり只次郎は、息を呑んで固まっていた。その手前に落ちている白粉包みを、卿自ら拾い上げる。

「あれは、堺《さかい》の医者だったか。心配性がうるさく言うものだから、ならばと賭《か》けをすることになった」

堺の医者というのはお妙の父、佐野秀晴だ。なぜ今ここで、そんな話をするのだろう。只次郎は息もできず、民部卿の次の言葉を待つしかない。

「町医者ふぜいを、ただ殺してもつまらぬ。長崎にいる仲間に知らせ、助けが間に合えば命を取らずにいてやろう。間に合わねば、それまでとな」

そういえば、お妙が言っていた。ふた親を殺され家を焼かれ、その後駆けつけた善助は、長崎にいたわりには到着が早すぎたと。

小さな疑問の裏にまさか、そんな悪だくみがあったとは。

呆然と目を見開く只次郎に、民部卿が微笑みかける。それから手にした白粉包みを、火鉢の中にするりと落とした。

火はたちまち紙の包みに移り、炎を上げる。白粉の成分のせいか、嫌なにおいが鼻についた。

「さぁ、急ぐがよい。長崎から堺に比べれば近いものだが、それなりの道のりじゃ」

「まさか――」

お妙の似姿が炎に煽《あお》られて、黒く歪んで消えてゆく。不吉な予感に、胸が張り裂けそうになった。

ここから外神田までは、歩いて一刻足らず。只次郎は暇乞いも忘れ、半ば這うようにして立ち上がる。

「間に合うとよいの」

足を縺《もつ》れさせながら縁側に走り出ると、民部卿の哄笑《こうしょう》が背中を追いかけてきた。

## 五

すっかり裏をかかれてしまった。

誰もが一橋家に呼び出された只次郎の身を案じ、只次郎自身もまた、無事に切り抜けることだけを考えていた。

まさかその間に、お妙が狙われる羽目になろうとは。民部卿の思いつきは、人の道を外れすぎている。

下屋敷を飛び出してから、只次郎はひたすら東を目指して走ってゆく。どの道をゆくのが最も早いか。頭の中に地図を広げる。

今は何刻だろう。日の高さからすると、昼四つ半（午前十一時）は過ぎたはず。やけに待たされると思ったら、足止めを食らっていたというわけか。

いつもなら、『ぜんや』は店を開けたばかり。人目の多い昼の日中に、どうやってお妙を襲うつもりだ。

いいや、刺客《しかく》が捨て身でさえあれば、おそらく容易《たやす》い。客として紛《まぎ》れ込み、隙《すき》を見てお妙に刃物を突き立ててしまえばいいのだ。

店を開ける前ならば、なおさら容易い。熊吉に今日は手伝いがいらないと伝えてあったから、『ぜんや』にいるのはお妙とお花だけである。その場合はすでに間に合わぬ。それにお妙だけでなく、お花の身も案じられる。

とにかく、急げ。不安のあまり胃の腑《ふ》がひっくり返って出てきそうな体に鞭打《むちう》ち、四肢《しし》を振り回す。無事にたどり着いた後なら、手足がちぎれても構わない。そう思い、己を奮い立たせる。

しかし、下屋敷を出る際に返された長刀が邪魔だ。振動して暴れぬよう片手で押さえておかねばならないし、なにより重い。これがなければ、もっと速く走れるはずだ。武士の魂など、只次郎にはもはやなんの意味もない。そのへんに打ち遣ってしまいたいが、襲撃者からお妙を守るため、必要になるかもしれなかった。

まだ、捨てられぬ。

もどかしさに身を裂かれそうになりながら、只次郎は走る。体のあちこちが痛み、肺腑が潰れそうだが構うものか。もしもお妙を失ったら、自分も生きてはいかれない。頬に流れ落ちてくるのは、汗か涙か。その判別もつかぬまま、先を急いだ。

神田明神《かんだみようじん》の鳥居の先が遠くに見えたとき、只次郎はほっと息を吐いた。あと少し、もう少し。自分のものとは思えぬほど重い足を引きずるようにして、最後の気力を振り絞る。

いつの間にやら草履《ぞうり》が脱《ぬ》げて、足袋裸足《たびはだし》で走っていた。裾《すそ》が翻って邪魔なので、羽織もどこかに脱ぎ捨ててきた。

ひゅうひゅうと喉が鳴り、目が霞《かす》む。何度も人にぶつかりそうになりながら、御成街道へと抜ける。

『ぜんや』はもう、すぐそこだ。どうか間に合ってくれ。愛おしい人を、取り上げてしまわないでくれ。

ああ、見えた。『ぜんや』の店構えだ。

一見、なにごともなさそうである。しかし昼餉の客で賑わう刻限に、出汁の香りが漂い出ていないとはどうしたことか。

「お妙さん！」

縺れる足で表の戸に取りつき、開け放つ。よろめきながら駆け込んできた只次郎に驚き、小上がりでひと塊《かたまり》になっていた者たちが顔を上げた。

「どうしたんだ、林様。よれよれじゃねぇか」

いち早く立ち上がったのは、升川屋だ。只次郎を心配して集まってくれたのか、他の旦那衆も勢揃《せいぞろ》いしている。

その中心に、お妙がいた。お勝に肩を支えられ、祈るように手を組み合わせていた。

「林様」と呟く、その美しい顔に安堵《あんど》が浮かぶ。

よかった、無事だ。間に合った。

しかしまだ、油断はできない。

只次郎は荒い息を吐きながら、そのまま店を突っ切り勝手口を開ける。裏に怪しい者がいないか気配を読み、大事ないと判断して引き返す。

「あの、林様？」

戻るなり再会を喜ぶでもなく奇行に出た只次郎に、俵屋が不審の目を向ける。只次郎はその視線を受け流し、汚れた足袋を脱いで二階に上がった。

二階の手前の部屋では、お花が大人しく手習いをしていた。お妙が手本に書いてやった仮名《かな》文字を、紙が真っ黒になるまで何度も練習するのである。

息も絶え絶えになって現れた只次郎に、お花は目を丸くする。

よかった、こちらも無事だ。

念のためお妙が寝起きする奥の部屋も確かめ、窓を開ける。外に向かって身を乗り出して、屋根の上に人影がないことも見て取った。

変わりなし。そう判断し、只次郎はぽかんとしているお花の頭をひと撫でして階下に戻った。

「いったい、どうなさったんですか」

お妙が濡らした手拭《てぬぐ》いを手に、駆け寄ってくる。熱を持った頬が冷やされ、気が弛む。その心地よさに身を預ける前に、只次郎はお妙の肩を摑《つか》んだ。

「なにも、変わったことはありませんでしたか」

間近にある黒く澄んだ瞳が、きょとんと瞬《しばたた》かれる。お妙は声もなく、首を横に振った。

「なぜ、店をやっていないんです」

昼の常連の姿はなく、旦那衆の前に酒肴《しゅこう》が出ているわけでもない。そもそも調理場には、火が入っていなかった。

「料理もなにも、手につかなくて。菱屋さんたちの勧めで、休みにさせてもらいました」

「では本当に、なにかあったわけでは」

「なにがあったか聞きたいのは、こっちのほうです」

お妙は怒気すら滲《にじ》ませて、只次郎を軽く睨む。頰に当てられたその手を上から握り込み、只次郎は乾いた笑い声を立てた。

どうやら民部卿に、担《かつ》がれただけらしい。考えてみれば分かること。今や向かうところ敵なしの民部卿にとって、市井《しせい》に生きる自分たちが脅威《きょうい》であろうはずがない。はっきりと言われたではないか、敵にならぬと。盤石《ばんじゃく》な地位に倦《う》んだ権力者の、暇つぶしにつき合わされただけのことだ。

息を吐き出すたびに、限界を迎えていた膝から力が抜けてゆく。只次郎はそのまま小上がりに崩れ落ち、天を仰いだ。

「ちょっとちょっと。大丈夫かい」

お勝をはじめ、旦那衆が周りを取り囲む。心配されているのは分かるが、もうぴくりとも体を動かせない。

お妙が手拭いで、顔や首元を拭ってくれる。甘い香りが鼻先をくすぐり、只次郎は込み上げてくる喜びに目を閉じる。

「すみません、お妙さん。ご両親の仇《かたき》を前にしておきながら、一矢《いっし》を報《むく》いることすらできませんでした」

「なにをおっしゃるんです。いいんです、そんなことは」

お妙なら、そう言ってくれるだろうと思っていた。それでも只次郎は、民部卿に翻《ほん》弄《ろう》されるばかりだった己が情けない。あの驕り高ぶった男に、冷や汗の一つもかかせてやれなかった。もはや手も足も出ない。完敗だ。

「ですが私はこれから、商人になります。江戸の町に、そして国中に、金を回してやります」

目を閉じたまま、只次郎は言葉を紡ぐ。なにを言いだしたのかと危ぶむ気配が伝わるが、構わず続けた。

「そうすることできっと、世の中を変えてみせる。金の力はいずれ、武に勝ちます。商いこそが、世の中心となるでしょう」

久世丹後守様も、そう言っていた。金の力が強まれば、国がひっくり返ると。ならば商人としての只次郎は、まだ民部卿に負けてはいない。

「時はかかるでしょうが、きっと成し遂げます。ですからお妙さん、あらためて私と——」

一緒になってくれませんか。と、申し込もうとした。だがその前に、肩先をぴしゃりと叩かれた。

「なに死人みたいに目を瞑って、ぶつぶつ念仏唱えてんだい、この馬鹿！」

目を開けると、お勝の仏頂面《ぶっちょうづら》が迫っていた。ずいぶんな言われように、もう一度目を閉じたくなる。

「あの、お勝さん。私は今、大事な話を」

「アンタこそ、大事なものを見逃してんじゃないよ。ほら、目ん玉かっぽじってとくとご覧！」

お勝の手に、無理矢理首の向きを変えられた。首筋が突っ張って、「うっ」と呻き声が洩れる。視線の先には、お妙の白い顔がある。

心なしか、朝よりも瞼《まぶた》が腫れているようだ。白粉も、剝《は》げて薄くなっている。髪がひと筋、乱れて頰に落ちているのも艶《つや》っぽく、しっとりと光る碧玉《へきぎょく》の簪が似合っていた。

「それは――」

まだ腕が上げられないから、目で指し示す。お妙の髪に挿《さ》されているのはまぎれもなく、只次郎が預けた簪だった。

「はい。林様から、預かっているものです」

お妙は膝先で濡れ手拭いを握りしめ、毅然《きぜん》と頷く。どこか、強い決意すら窺える面持ちである。

「あなたの危なっかしさには本当に、うんざりです」

只次郎だけでなく、周りの旦那衆までが息を飲む。やけに、張り詰めた気配が漂っていた。

「ですから毎日ここに戻ってこられるよう、これは私が、ずっとお預かりしておきます」

「お妙さん――」

それは、つまり――。

只次郎が頭の中を整理する前に、旦那衆からわっと歓声が上がった。

「お勝さん、酒だ。祝い酒。よし俺が、銅壺に火を入れてやらぁ」と、膝を叩いて立ち上がったのは升川屋だ。

「さて、祝言の日取りはどうしたものか」菱屋のご隠居が首を傾げる。

「婚姻《こんいん》の祝儀であれば、白砂糖も受け取ってもらえるでしょうか」俵屋が余計な心配をし、「じゃあ俺もまた、味噌《みそ》を大八車で引いてこよう」と、三河屋が袖を捲《まく》り上げた。

「まぁま、皆さん落ち着いて」

冷静なのは、三文字屋だけか。と思いきや、傍《かたわ》らの風呂敷《ふろしき》包みを解《ほど》いて「さ、お祝い代わりに甘い物でも」と手土産《てみやげ》の金鍔《きんつば》を配りはじめた。

「お花ちゃん、金鍔だよ」

お勝が二階に呼びかけて、お花までが大喜びで下りてくる。

もう少し、お妙と二人で語らいたい。なのに周りが、あっという間に賑やかになってしまった。

「あの、お妙さん」

小上がりに伸びたまま、只次郎はお妙に呼びかける。

「なんです」

「私まだ、腕が動かせないんですよ」

「それはかなりのお疲れで」

「ですからひとつ、頬をつねってみてくれませんか」

体がくたびれきっているせいか、どうも現《うつつ》にいる感じがしない。

夢ではないかと危ぶむ只次郎を見下ろして、お妙はくすりと笑った。

「いいえ、できません」

「どうして」

「もし夢だったら、悲しいから」

「暑気あたり」「草市の夜」「棘の尾」「甘い算段」は、ランティエ
二〇二〇年十一月〜二〇二一年二月号に掲載された作品に、修正を
加えたものです。
「戻る場所」は書き下ろしです。

時代小説文庫
さ 19-12

# さらさら鰹《かつお》茶《ちゃ》漬《づ》け 居酒屋《いざかや》ぜんや

著者　坂《さか》井《い》希《き》久《く》子《こ》

2021年4月8日第一刷発行

発行者　角川春樹

発行所　株式会社 角川春樹事務所
〒102-0074 東京都千代田区九段南2-1-30 イタリア文化会館

電話　03(3263)5247［編集］　03(3263)5881［営業］

印刷・製本　中央精版印刷株式会社

フォーマット・デザイン＆シンボルマーク　芦澤泰偉



ISBN978-4-7584-4397-5 C0193 

http://www.kadokawaharuki.co.jp/［営業］
fanmail@kadokawaharuki.co.jp［編集］　ご意見・ご感想をお寄せください。